DEN FÖRSTA STARFIGHTERN

STARFIGHTER TRÄNINGSAKADEMI: SPEL 1

GRACE GOODWIN

1

J amie Miller, Baltimore, Maryland, USA

JAG SATTE MIG BEKVÄMT I MIN SPELSTOL OCH SATTE PÅ MIG MITT HEADSET, redo att börja. Jobbet hade gått långsamt idag eftersom allt jag kunde tänka på var att börja spela igen. Det var sorgligt att jag var ivrigare att spendera tid framför en skärm istället för att vara ute i solskenet, men mina vänner var *här*, i chatrummet, där vi kunde prata med varandra genom våra headsets och spela tillsammans i verklig tid. Mina bästa vänner var i andra länder, men de kändes nära. Som om vi var i samma rum. Som om vi var ett team.

Eller ja, vi var det. Ett team som fått mig till mitt sista uppdrag. Vi hade försökt att komma förbi den här nivån på samma uppdrag i två månader. *Två månader!* Varje fredag och lördag kväll spelade vi *Starfighter Träningsaka-*

demi tillsammans, det hetaste nya multiplayerspelet. Jag hade till och med slösat och uppgraderat mitt internet till att bli blixtsnabbt.

Allt detta visade vad någon behövde veta om mitt sociala liv. Jag var introvert, blev vänner med främlingar jag aldrig hade träffat i stället för kollegor. Jag gillade böcker och tv-spel mer än att träffa nya människor. Jag hatade fester. Barer. Shopping.

Fast om Lily eller Mia sa att de skulle komma och besöka mig skulle jag bli så glad. Och nervös. Jag visste bara hur de såg ut baserat på deras skärmbilder—och deras spelavatarer.

"Tjejer, är vi redo att besegra några *Dark Fleet* äckel i Vegasystemet?" frågade jag, justerade mig så att jag skulle bli mer bekväm. Justerade mitt headset. Jag plockade upp min kontroll med spänning. *Äntligen...* var det dags att spela. Min ivrighet fick mina handflator att svettas, och jag turades om att torka dem på mina flanellpyjamas-byxor som jag hade tagit på mig direkt när jag kommit hem.

"Nu kör vi. Du är så nära, Jamie. Du kommer att klara spelet och ta examen från träningsprogrammet," höll Lily med, fast jag hörde inte så mycket iver i hennes röst.

Jag var den enda som hade nått den här nivån, samlat tillräckligt med EP—eller erfarenhetspoäng—*och* framgångsrikt klarat vartenda uppdrag... utom ett. Det *sista* jag behövde för att nå den högsta rangen som Starfighter. Lily och Mia var inte långt bakom mig i sina egna spelstatistiker. En helg eller två och de skulle också vara på sina sista träningsuppdrag. Målet med spelet var att klara vartenda uppdrag som tilldelats till en av de tio olika krigartyperna. Jag var en Starfighterpilot. Mia var teknikern för hela teamet, koordinerade mark- och rymdtrupperna under stora uppdrag. Och Lily? Hon hade en av de där gigantiska robotkropparna som gick runt och krossade allt i sikte med oförstörbara knytnävar. Lily hade ett vanvettigt drag som fick både mig och Mia att skratta.

Jag? Jag gillade bara att åka snabbt. Riktigt jäkla snabbt. Och flyga. Och spränga saker.

När jag spelade var jag den exakta motsatsen till personen jag var varje dag på jobbet. Som budbilsförare spenderade jag den mesta av min tid själv. Det var tråkigt, men det betalade bra när jag räknade in dricksen, och jag behövde inte prata med massa människor.

För det mesta ringde jag på ringklockor och sprang tillbaka till min bil så att jag kunde åka till nästa plats. Jag kände mig alltid som om jag lekte en vuxen version av att busringa på folks dörrar.

Men inte ikväll. Ikväll skulle jag klå Dark Fleet och gilla det. "Drottning Raya ska besegras," lovade jag. "Jag har en känsla att den sista gruppen av Scythe fighters skyddar hennes skepp."

"Jag vill definitivt att du ska besegra henne, Jamie. Men jag vill inte att spelet ska ta slut," fortsatte Lily.

"Va?" Mias skrikande invändning hördes genom mitt headset, fick mig att rycka till. Jag justerade volymen. "Varför inte? Vi har försökt att slå det här galna spelet i månader—bara det här uppdraget har tagit *veckor*." Hon drog ut det som om det hade varit tortyr och inte roligt för oss alla. "Vad menar du med att du inte vill att det ska ta slut?"

Mias tyska brytning var inte något som Lilys, som skrek högfärdig brittisk internatskola, men jag hade vant mig vid de båda. Vi hade träffats i spelet, började spela tillsammans, och kom överens som ett träningsteam. Varit bästa vänner sedan dess, även om den enda gången vi pratade var med våra headsets och kontroller.

"Vi kan inte låta Jamie vinna," sa Lily igen, och Mia suckade högt medan jag tog en klunk av min läsk. Jag rynkade på ögonbrynen, men de kunde inte se mig.

"Varför inte?" frågade Mia. "Om Jamie klarar spelet kommer vi vara precis bakom henne. Jag har ett uppdrag kvar efter det här. Du har vad? Ett eller två? Och efter att vi alla är färdiga med spelet kan vi bara börja på nytt." Hon pausade, men jag visste att hon inte var färdig. "Kanske jag nästa gång blir en stridspilot eller spion. En av de där riktigt farliga scouterna eller i räddningsteamet."

"Du skulle få en hjärtattack," retade Lily. Mia gillade att vara i kontroll med stort K. Att flyga blint in i fiendens område med ett scoutplan eller att flyga i full fart mot en fiendeförstörare skulle inte göra henne glad, och vi visste alla det.

"Shit. Du har rätt. Jag skulle definitivt få det."

Vi alla skrattade, och jag log fortfarande när jag drog upp min spelstatistik på min stora platt-TV. Remsan på botten som visade mina slutförda uppdrag—som en temperatur på en termometer—var nästan full. EP-räkningen också. Jag hade bokstavligen det här sista uppdraget kvar innan jag kunde ta examen från akademin. Jag var *nästan* där. Fastän jag spelade med Mia och Lily, var deras träningsprogram—och spelupplevelse—skräddarsydda efter deras egna krigartyper, men vi var alla tvungna att jobba tillsammans för att vara framgångsrika. Efter att jag hade tagit examen, skulle de behöva rekrytera en ny pilot från en av spelets chattrum för att hjälpa dem vinna sina sista uppdrag. Efter att jag vunnit kunde jag inte spela med min spelare längre. Vilket var sorgligt men ändå inte tillräckligt för att stoppa mig från att vilja klara spelet.

Spel efter spel, uppdrag efter uppdrag, hade jag finslipat mina skickligheter för att bli den bästa Starfighterpiloten. För att göra det ännu bättre, hade jag en wingman. En Goose till min Maverick, om jag skulle använda *Top Gun* termer. En *jättesnygg* wingman.

Jag beundrade helkroppsbilden av min stridspartner —vars avatar fyllde min TV:s mörka bakgrund. Jag flinade, älskade den heta-som-fan utomjordingen som jag hade skräddarsytt för att vara min sidekick när jag först börjat spelet. Varje spelare hade en—en hunkig stridspartner—och de var alla olika. Skräddarsydda och designade genom att använda egenskaper valda från spelmenyn för att matcha varenda spelares personliga preferenser. Jag hade valt lång, mörk och stilig. Gånger tio. Det fanns män och kvinnor. Korta. Långa. Varenda storlek, form, hudton, och ansiktsdrag fanns. Jag hade i själva verket byggt mannen i mina drömmar i ett tv-spel. Jag förstod Lilys tvekan.

Om vi började om spelet, var jag tvungen att släppa honom.

Lily läste praktiskt taget mina tankar. "Fast, om Jamie vinner, måste hon släppa Alex när vi börjar om. Det samma gäller oss båda när vi tar examen."

"*Bist du bescheuert?*" skrek Mia i sitt headset. Både Lily och jag hade spenderat tillräckligt med tid online med Mia för att veta exakt vad hon sa. *Är du galen?* Eller dum. Eller något sådant. "Min Kassius är sexig, men han är inte på riktigt. Inte. På. Riktigt."

Jag stirrade på Alexius—som jag kallade Alex—min skräddarsydda heting, och rynkade mina ögonbryn. Nej, han fanns inte på riktigt... men jag ville att han skulle göra det. För att titta på mig och prata med mig som han gjorde i spelet. Fast han bara sa ett antal programmerade svar eftersom vi var...i...ett...spel... Jag drömde om att den där djupa rösten skulle prata snusk med mig i riktiga livet. Det fanns några bortklippta scener som pekade på en romans mellan min spelare och Alex. Oftast fick jag se en romantisk scen där det var en snabb kyss mellan oss. Ibland frågade hans spelare min att följa med honom efter ett uppdrag för lite privat tid. Men spelskaparna lät alltid det vara utanför bilden. Fan ta dem.

Inte för att jag hade blivit mer tillfredsställd av att titta på tv-spelskärleksscener. Vad det än hade varit, hade det inte varit på riktigt. Men vilken jäkla bra fantasi. Jag ville stryka mina händer över de där hårda musklerna, känna hans makt. Känna *honom*. Kyssa honom. Röra honom. Låta honom ta av mina kläder och... Japp.

Jag suckade och tog ännu en klunk av läsk. Jag var galen, blir tänd på en datagenererad hjälte. Men han var *min*. Lily och Mia hade gjort sina egna skräddarsydda sidekicks. Som spelare, hade vi valt bokstavligen allt förutom deras namn. Vilket verkade konstigt enligt mig men var en lättnad också. Jag visste hur jag var, jag hade döpt Alex till något tråkigt... som John.

Alexius av Velerion var *allt* utom tråkig. Jag kunde inte tänka mig en så snygg man som honom utanför ett spel. Jag var en kvinna som aldrig hade stött på en cheesecake jag inte gillade. Som spenderade den största delen av min jobbdag ensam. Läste mer än festade. Spelade tv-spel. Jag spillde lite läsk på mina byxor, och jag gnuggade det mjuka materialet. Japp, jag var säker på att Alex skulle bli het och tänd på en kvinna i en pyjamas dekorerad med pingviner.

"Jag vet," sa Lily, men jag kunde inte missa attityden i hennes röst. "Men Jamie kommer bli färdig ikväll, och snart kommer vi också vara färdiga."

"Kommer ni ihåg det där spelet när Jamie förstörde hela skvadronen av Dark Fleet Scythe fighters och fick alla EP?"

Jag log. Gud, det hade varit fantastiskt. Dark Fleet låg i bakhåll. Jag hade varit ledaren av min egen Volantes II stridsskvadron, men de hade lurat oss att jaga dem in i en ravin och dödade varenda en i min skvadron utom mig.

Jag hade krossat dem alla, varenda en av de Scythe fighters som var kvar, men jag kände mig fortfarande skyldig över det. Jag hade lett in min skvadron i en fälla. Jag hade haft befälet. Och de hade alla dött på grund av mitt dåliga omdöme.

Jag hade varit nedstämd i en vecka tills Mia påminde mig om att det var ett spel. Bara. Ett. Spel.

Fan, men ibland kändes det inte som om vi spelade. Jag var så djupt inne i min hjärna när jag var i en strid, det kändes äkta. För äkta ibland.

Jag hade dubblat mina poäng bara från det uppdraget, vilket gjorde att jag—ikväll, förhoppningsvis! — skulle klara spelet och ta examen innan Mia och Lily. Så i stora drag, när det kom till det specifika uppdraget, hade den katastrofala striden varit en vinst. Men jag tänkte fortfarande på det nästan varje kväll innan jag somnade. Undrade vad jag hade gjort fel. Hur jag kunde hindra det från att hända nästa gång. För jag ska spela det här spelet igen. Olikt Mia, försökte jag inte ens övertyga mig själv att jag skulle välja något annat att vara. Jag älskade att vara en stridspilot. Jag älskade mitt snabba lilla skepp, *Valor*. Det var en Volantes II, Starfighter fleets dödligaste stridsvapen. Jag ville vara en igen. Och igen. Och förmodligen igen efter det.

"När vi börjar om kommer alla våra poäng att försvinna. Ännu värre, vi behöver förmodligen bygga nya män. Jag *gillar* Darius. Jag vill behålla honom." Lily, lilla vännen, var väldigt, väldigt fäst vid Darius.

Som om jag kunde säga något.

Alex drog fram sitt gigantiska gevärsliknande vapen på skärmen som en del av den animerade loopen, och jag dreglade praktiskt taget.

"Jag förstår dig." Jag höll med för hon hade inte fel. Jag flög sida vid sida med Alex. Han var lång, skitsnygg, med ögon som glittrade som smaragder. Hans ljusa ögon var intensiva, och den där käken, den var så fyrkantig att den förmodligen hade blivit mejslad av granit. Jag avgudade såklart hans tajta röv och breda axlar i den svarta Starfighteruniformen. Han hade svart hår, vacker olivfärgad hud, och en evig skäggstubb. Han såg ut som en mytisk krigare på steroider, och bilden av honom ståendes jämte den digitala representationen av mig— stora lår, stora bröst, och alla de där kurvorna skapade av cheesecake—såg han ut som en gigantisk Gud på min dataskärm. Fast min svarta matchande outfit såg slimmande ut.

Om han *var* på riktigt, ville jag väldigt gärna titta under den uniformen. Mina bröstvårtor blev hårda av att bara tänka på att klä av honom och höra honom prata snuskigt med mig.

"Vi måste klara det. Det kommer bokstavligen göra

mig galen om Jamie inte vinner ikväll." Mias invändning kom från hjärtat. Hon hatade att förlora och blev mer än frustrerad när saker inte gick bra. Hon var en analytiker för något dataföretag i Europa, och genialisk kom inte ens nära att beskriva hennes hjärna korrekt. Jag undrar om hon har fotografiskt minne. Hon var skitbra på spelet och i riktiga livet, det var jag säker på.

Spelet var fantastiskt, och att spela med mina vänner... det var roligt. Alla våra Starfighterroller var viktiga för att rädda Velerion och kämpa mot ondskan och lömska drottning Raya. Vi alla behövdes för att ta slut på den där bitchen. Japp, det lät dumt, men Gud, spelet var otroligt. Jag var känslomässigt involverad. Väldigt. Jag *hatade* faktiskt den påhittade onda drottningen. Hur vågar hon jävlas med mitt folk?

Speciellt min personliga Velerian. Hon ville döda Alex och alla hans vänner. Så naturligtvis ville jag krossa henne som en mask under en stålhättad sko.

Ikväll? Ikväll skulle jag vinna med Mias och Lilys hjälp.

Eller, de och våra tre helt påhittade, sexiga, heta utomjordings-sidekicks.

"Vi vet en sak," sa jag, justerade mitt headset ännu en gång, spänd på att komma i gång.

"Vad?" frågade Lily.

Jag stirrade på Alex. "Spelindustrin klurade äntligen ut hur man marknadsför till kvinnor."

Mia och Lily brast ut i skratt, och jag tittade på min skärm med förväntan när alla våra sex avatarer, oss kvinnor plus våra tre supersexiga utomjordingar, fyllde botten av skärmen. Den här delen tog *för-jäkla*-alltid, men eftersom det här förmodligen var den sista gången vi spelade ihop som de här karaktärerna, hade jag inget emot det. Och det skulle vara den sista gången eftersom jag skulle klara spelet.

Vem som än hade byggt spelet gillade verkligen ord som började på *V* och massa latin. Och jag visste det för jag hade varit på varenda wiki, fansida, och chatt som jag kunde hitta. Vegasystemet? På riktigt. Resten?

Jag brydde mig inte. Hela världen var besatt av *Starfighter Träningsakademi*, och vi tre var inget undantag.

"Okej då. Visst." Lily gav upp, som jag visste att hon skulle. Vi kunde inte fortsätta spela samma spel om och om igen för alltid. Jag skulle klara träningsakademin. De skulle göra likadant om ett spel eller två, och vi skulle sedan börja om. "Jag tittade på alla spelarforum, och tydligen finns de här männen bara en gång, fast jag har inte hört om någon som faktiskt har klarat programmet. Det är så orättvist." Lily klagade nu. "Jag vill inte lämna Darius. Jag tror jag älskar honom. Jag antar att efter att vi alla tre har vunnit och börjar om, ska jag bygga en gigantiskt guldig Gud med utbuktande muskler och mörkbruna knulla-mig ögon."

"Darius kommer inte att gilla det." Mia retade Lily nu när vi alla hade kommit överens om att det var dags att vinna spelet och besegra Dark Fleet en gång för alla.

"Igen, påhittad karaktär," påminde jag inte bara Lily om, men också mig själv. Jag var ledsen över att lämna Alex. Jag läste massor av romaner och var okej med att hoppa från en hjälte till en annan, men i det här spelet var jag fäst vid min man. Jag ville inte ha en annan wingman heller. Jag skulle seriöst sakna honom. Hans perfekta hud. Hans hårda röv i de där tajta byxorna. Den djupa rösten som skällde på mig att sluta dyka mot varje fiende när vi åkte genom rymden i ljusets hastighet. Tydligen var till och med påhittade utomjordingsmän bossiga. Jag sa inte till någon av dem att Alex gjorde mig våt eller att jag fantiserade om honom när jag tog ut min vibrator från min byrå och jobbade mig genom batterierna.

"Jag vet. Jag antar att jag behöver hitta en riktig man att ha kul med. Jag är ganska säker på att min vagina har spindelnät över sig," klagade Lily.

"Samma här." Jag beundrade Alex intensiva gröna blick i ett ögonblick, och tryckte sedan på startknappen. Jag hade inga tvivel på att han skulle kunna rensa bort spindelnäten.

"Jag är inloggad. Nu kör vi," sa jag.

"Redo." Mias karaktär och hennes utomjordingshunk poppade upp på min skärm med gröna ljus. Varken Lilys eller Mias hjältar var alls lik min, vilket visade hur olika smak vi hade på män. Det var det fina med *Starfighter Träningsakademi*. Det var som om det nästan var på riktigt.

Jag skrattade åt hur galna mina tankar var när Lily pratade. "Om jag måste ge upp Darius, ska vi besegra Dark Fleet."

"Amen, syster." Jag såg hur min avatar och Alex gick mot *Valor* på skärmen. De klättrade in i Volantes II fightern medan uppdragets intro spelades upp i våra hörlurar. Jag hade hört det hundratals gånger. Det var samma innan varje uppdrag, och vi hade redan vunnit nästan hundra träningsstrider, men inte det här sista.

"*Välkomna till* Starfighter Träningsakademi. *Du har frivilligt valt att gå med i vårt träningsprogram. Om du lyckas, kommer du att bli den bästa av de bästa, eliten av Velerion*

Starfighters. Klara din träning, och du förtjänar din plats i historien. Du, Starfighter, kommer kallas in att försvara Galaktiska Alliansen under General Aryk av Velerions befäl. Vi behöver dig nu. Krig härjar över hela Vegastjärnsystemet. Förbered dig för strider. Ditt uppdrag är att besegra drottning Raya och förstöra hennes allierade i Dark Fleet innan de når huvudstaden. Om du misslyckas, kommer Velerion att falla... och jorden kommer vara härnäst."

"Ja, ja, ja," mumlade jag, väntade på att spelet skulle börja. "Spela upp den mörka, läskiga rösten som hotar mänskligheten med fullständig förstörelse av utomjordingar."

Mia skrattade. "Kanske de hemska männen är de där långa, smala, grå utomjordingarna med stora ögon."

"Åh, jag hatar dem. De är så läskiga." Lily lät som om hon hade spenderat lite för mycket tid på internet för att kolla upp utomjordingskonspirationsteorier.

"Kom igen Lily. Du vet att du vill bli bortrövad och få en av de där sexuella undersökningarna." Mias gravall-varliga röst tog mig ett ögonblick att bearbeta.

Lily satte vad hon nu drack i halsen medan jag skrat-tade. Mia hade inget filter. Inget alls.

"Den enda utomjordingen som jag vill ska undersöka mig är Darius. Och eftersom han inte är här för tillfället, så tackar jag nej till de läskiga gråa. Men jag undrar faktiskt hur de hemska männen ser ut. De visar dem aldrig i spelet."

"De har förmodligen tentakler," sa Mia.

"Vi är igång. Nu kör vi." Mitt skepp lyfte och åkte mot kretsloppet. Min spelskärm ändrades till skeppets kontrollsystem som jag var så van vid, och jag satte ner min läsk för att fokusera eftersom en svärm av Dark Fleet skepp kom mot mig. Oss. Mig och Alex.

"Fiender närmar sig." Den där mullrande, sexiga rösten kom från Alex i andrepilotssätet jämte mig. En rysning kändes genom mig av hans djupa klang.

"Mia?" frågade jag.

"Jobbar på det." Mias kommando kom genom skärmens kontroller som om vi faktiskt var ute i rymden. Jag var i starfightern, och Mia var i något slags kontrollkommandocenter på Velerion. Lily var på marken på en fiendekontrollerad planet. "Lily, rör på dig. Du måste ta dig förbi ett rutsystem längre än förra gången för oss att vinna. Jag tror att det kommer vara tillräckligt för dig att komma till deras markkontroll. Du måste krossa dem i småbitar så deras skepp blir desorienterade, och Jamie kan ta hand om resten av dem i rymden."

"Rör mig så snabbt jag kan," sa hon, hennes ord korta och laserskarpa.

Jag såg blippen som var Lily röra sig från område till område på displayen.

Hon var inte på Velerion, vilket betydde att Dark Fleet inte hade kommit till den fridfulla planeten, den som var lik jorden. Blått och grönt, rödbruna öknar och vita moln. Med den var tjugo gånger så stor som jorden. Eller det hade spelets designers nämnt i detaljerna de publicerat.

Drottning Rayas fiendeplanet, Xandrax, var ännu större, enligt uppgift åttio gånger så stor som jorden och bara lite längre bort från solen. Stjärnan. Vega. Den kallades Vega.

"Du undviker att agera." Alex tittade på mig, hans

gröna ögon intensiva när han pratade. "Du är inte fokuserad."

Åh, vad dessa spelutvecklare la märke till vare detalj och visste på något sätt att jag var distraherad. Headseten vi spelade med måste följa mina ögonrörelser också. Alex hade ungefär hundra olika dialogcitat han kunde säga när vi var i strid. Det här var det mest irriterande. "Jag vet. Käften," röt jag till.

"Sådär ska man inte prata med den sexiga mannen," skällde Mia.

"Håll tyst Mia." Jag var fokuserad nu.

"Jag är inne! Rutsystem tolv brutet." Lilys glädjerop fick mig att hoppa till i min stol medan Mia hejade på framsteget.

"Ja. Krossa alt," sa jag till henne, delade spänningen.

"Det här kommer bli så kul." Lilys röst var äkte glädje när hon gjorde vad nu hennes gigantiska stridsrobot gjorde mot Dark Fleets operativa kommandocenter. Jag hade inga tvivel på att hennes EP skulle höjas rejält efter det här.

"Jag ska förstöra deras kommunikationskanaler. De borde bli helt förvirrade efter det. Var redo, Jamie, att ta slut på dem," beordrade hon. "Oooooch... nu!"

"Jag försöker." Mina händer skakade, min kropp så fullpumpad med adrenalin att jag höll på att kvävas av det. Mina fingrar flög över spelkontrollen. Det här var ögonblicket. Med deras hjälp, skulle jag faktiskt klara spelet. Vinna.

"Vi blir beskjutna," sa Alex, och det följdes av ett varnande pip. Dödspipet, tänkte jag på det som.

"Jag vet," kontrade jag, lutade mig framåt. Jag var inte distraherad nu.

"Kritiskt systemfel."

"Jag vet," upprepade jag, röt till mot min wingman. Varje jävla gång hade vårt skepp samma problem. De här skeppen behövde vara bättre om de skulle bli beskjutna i rymden.

"Livsstöd nere på femtio procent."

"Ahhh! Håll. Käften." Jag visste att spelets andrepilot faktiskt inte kunde höra mig, men jag valde de lämpliga svaren på menyn som fanns på skärmen för att skälla på honom och fortsätta kämpa. "Det är bara tre av dem kvar."

"Du kommer att få slut på luft." Mias nervösa energi var påtaglig.

Fan ta det och det konstanta dödspipet. "Jag kommer antingen få slut på luft, eller så kommer jag skjuta tre hemska män till och vi kommer att klara det här uppdraget."

"Gör det!" Lily var helt med på det nu.

Allt bleknade när jag lutade mig framåt i min spelstol, närmre skärmen. Min kropp flöt på. Mina fingrar flög över kontrollknapparna. Jag kände spelet. Kände mitt skepp, visste vart fienderna skulle flyga innan de gjorde det. Jag hade spelat i timmar och timmar. Hundratals timmar för att nå det här ögonblicket.

Jag sköt. Igen.

Två nere, en kvar.

"Återvänd till basen. Syrenivå kritisk," sa Alex.

"Nej." jag stängde av min andrepilots ljud. Jag hade normalt sätt inte gjort det, eftersom hans sexiga röst var hälften av det roliga med spelet. Men den här gången ville jag vinna. Jag ville inte vara säker. Det verkade som om hans varningar försökte hålla mig vid liv mer än att vinna mot drottning Raya. Jag tänkte skjuta ner den där sista hemska mannens skepp även om min avatar skulle dö när jag gjorde det.

"Herrejävlar!" skrek Lily.

"Fokusera. Du har det här Jamie. Du har det." Mias lugna röst drog ner mig på jorden till det bekanta. Det var bara ett spel, men den här vinsten betydde mycket för oss alla tre.

"Nästan." Jag styrde mitt skepp för att följa efter den sista fiendesoldaten, lutade mig åt höger. "Nästan." Jag följde Dark Fleets Scythe fighter tillbaka mot planetens yta, lutade mig åt vänster. Han var på väg in i en djup ravin. En jag hade flugit in i för många gånger tidigare. Och misslyckats. Samma ravin som hade varit platsen för bakhållet som hade dödat en hel skvadron. "Åh nej, det ska du inte!"

Jag sköt utan nåd, rörde mig snabbt, så snabbt att jag visste att det fanns en chans att mitt skepp kanske inte skulle överleva när jag försökte att flyga upp från dykningen.

Fiendens skepp exploderade framför mig. Röda flammor fyllde min skärm.

Mia skrek.

Lily skrek.

Jag försökte andas när jag drog bak kontrollen och flög rakt genom spillrorna på skärmen. Jag var andfådd, och jag hade knappt rört mig. "Herrejävlar, jag klarade det."

"Du gjorde det! Du har maximalt med EP! Du klarade träningsakademin." Mias röst var skakig, och jag insåg hur mycket hon hade hållit tillbaka. "Du klarade spelet! Din fantastiska, häftiga bitch, du gjorde det!"

Jag slängde mig bak i min stol. Stirrade på skärmen.

"Sa Jamie precis *herrejävlar,* eller hallucinerar jag?" frågade Lily, visste helt klart att jag inte svor. Förutom nu. Lily, å andra sidan, använde svordomar i varje mening, på samma sätt en bagare satte glasyr på en tårta.

"Håll käften, din vulgära häxa."

Lily och Mia skrattade båda när musiken som kom från spelet blev tyst. Skärmen ändrades, och vi alla stirrade i hänförd tystnad för att se vad som skulle hända härnäst.

Alex ansikte fyllde skärmen. Den här gången log han, fast för honom var det bara kanterna av hans mun som drogs upp.

"Grattis, Starfighter. Du har besegrat drottning Raya och Dark Fleet. Din vinst gav tillbaka Vegasystemet till under Velerions kontroll."

Vyn förstorades för att visa Alex överkropp, och hans händer kom upp, tog emblemet från sin uniformsskjorta och höll fram det mot mig. "Som beskrivet i träningsprotokollen, vårt Starfighterpar har lyckats. Vi har nu ett permanent partnerskap."

"Va?" skrek Mia, men jag kunde knappt höra över Lilys tjut.

Jämte honom på skärmen kom orden *Starfighter Parceremoni* upp.

Eh, va?

"Vi har matchats genom Starfighter Velerions träningsprogram. Vi har spenderat många timmar tränandes tillsammans. Stridit tillsammans. Accepterar du mitt emblem som ett tecken på vårt permanenta band? Kommer du att stanna med mig, Starfighter?

Kommer du att vara vid min sida och strida med mig till vår sista dag?"

"Säg ja" Säg ja!" skrek Lily.

Jag kunde inte säga något, min mun var öppen. Alex gav mig sitt emblem. Från vad jag hade lärt mig i spelet om Velerianer, gjorde de inget halvvägs. Om Alex sa det här, menade han det. I spelet i alla fall.

"Det är bara ett spel," viskade jag, kände mig plötsligt ledsen. Det här var bara en del av spelet. Spelandet. Han var inte på riktigt. Jag var inte på riktigt. Inget av det här var på riktigt. Jag var tvungen att gå och lägga mig, vakna och åka till jobbet och fylla min bil. Precis som varje dag. Alex och hans sexiga ögon och heta muskler skulle för alltid vara på en platt-TV.

Jag ville ha Alex på riktigt. Jag ville höra honom säga samma ord på riktigt. Mena dem. Jag ville att han skulle vilja ha mig. Älska mig. Jag ville vara den fantastiska, underbara, häftiga versionen av mig själv som jag såg på skärmen. Inte den här... ensam-på-en-fredag-kväll dricka-läsk-i-fläckig-pyjamas versionen av mig.

"Bara ett dumt spel," upprepade jag medan mannen av mina digitala drömmar stirrade på mig och väntade.

"Så?" kontrade Mia. "Acceptera. Jag menar, du skapade honom. Han är din ideala man, även om det bara är ett spel. Om du accepterar, så kommer han fortfarande vara din wingman när vi börjar om igen nästa vecka,"

Jag ville fortsätta spela med honom. Tanken av att behöva göra en annan matchning var ledsam. Fast jag skulle valt exakt samma detaljer igen för Alex var mitt ideal. Men enligt alla spelchattrummen online, spelade det ingen roll.

Jag tryckte på X-knappen på min kontroll för att acceptera.

Ett stort emblem kom upp jämte Alex. Medan jag såg på, roterade det holografiska emblemet, krympte i storlek, och åkte för att pryda bröstet av min avatars helt nya Starfighteruniform. Båda avatarerna vände sig mot skärmen och en officiell-låtande berättares röst fyllde mitt headset. "Det här är General Aryk av Velerion. Grattis, Starfighters. Ert framgångsrika band har dokumenterats i korridoren på Citadel. Det är min ära att ge er den här rangen och privilegiet av en Velerion Starfighter."

På skärmen drog Alex mig in i sina armar och kysste mig som om det inte fanns någon morgondag. Jag hade aldrig velat mer att något skulle vara på riktigt någonsin i hela mitt liv. Mia och Lily, som jag hade delat min skärm med, stimmade och stojade och klappade och njöt av ögonblicket med mig.

Ett svagt vibrerande ljud kom från skärmen, och jag stillnade för att lyssna. Mia och Lily var tysta när de väntade.

Skärmen blinkade till. Ett ögonblick senare kom General Aryk upp i mitten, och skärmen zoomade in på hans ansikte. Han log, och jag var tvungen att erkänna, om jag inte var helt inne på Alex, var Aryk jävligt het också. "Välkommen, Starfighter, till Velerion."

Huh?

Skärmen gjorde ett poppande ljus och blev svart.

Jag rynkade på ögonbrynen.

"Vad hände? Det där var en jävla kyss," klagade Lily.

"Jag vet inte." Jag ställde upp från min stol och stängde av systemet och satte på det igen. Kollade skärmens sladd. "Det var konstigt. Det är som om hela mitt system kortslöts."

"Det är okej," sa Mia. "Jag måste sova lite. Lily, vi ses i chatten imorgon för att börja ett nytt spel där det är min tur att klara min träning. Okej?"

"Ser fram emot det!" ropade Lily till henne, men vi visste båda att Mia redan hade kopplat bort sig.

Jag suckade. Lättad och lite melankolisk. "Jaja, vi gjorde det."

"Det gjorde vi." Jag hörde leendet i Lilys röst. "Som Mia sa, nytt spel nästa helg? Vi borde alla vara officiella Velerion Starfighters då."

"Låter bra. Kan inte vänta tills jag får veta om Alex fortfarande är min wingman."

"Lyckliga du" Kanske du får lite sexig skärmtid nu när du är gift med en utomjording."

"Jag gifte mig inte med en utomjording."

"Bundna? Dokumenterade i korridoren? Låter som om ni är gifta enligt mig."

"Du är galen. Vet du det?"

Hon skrattade. Vi sa hejdå, och jag tog min tomma läskburk, chips, och vattenflaskan som jag hade jämte min spelstol.

Nu när adrenalinruschen av det sista uppdraget började avta, kände jag av den långa arbetsdagen. Mina fötter och axlar värkte, mina händer skakade fortfarande, och jag kunde inte sluta tänka på den där kyssen på skärmen.

Om det bara var så.

Jag gjorde snabbt min sängrutin och somnade ögonblicket mitt huvud landade på kudden. Jag var vanligtvis lättvaken, och jag var inte säker på hur länge jag hade sovit när något högljutt väckte mig.

Var det någon vid min dörr?

Jag rullade över och blinkade åt min larmklocka. Tre jäkla trettio på morgonen?

Jag måste ha drömt.

Bankandet upprepades, högre.

Ingen kom till min dörr så här sent. Någonsin. Helvete, ingen kom till min dörr alls om jag inte hade en leverans eller om någon av mina grannar behövde något. Jag kastade av mitt täcke och gled in mina tår i de kalla tofflorna.

"Kommer!" Stod min lägenhetsbyggnad i lågor? Var det polisen? Hade grannarna skrikit på varandra igen? Hon behövde definitivt sparka ut den där lama pojkvännen hon hade.

Bankandet intensifierades, och det var uppenbart att vem det än var på andra sidan av dörren inte hade några problem med att väcka hela byggnaden.

"Jag sa, jag kommer!" Jag öppnade dörren och stillnade helt. En enorm man stod i korridoren med en hjälm av någon sort, som om han hade åkt en motorcykel. Vilket var galet eftersom det var kallt och blött och inte motorcykelväder.

Han tog av sig hjälmen, och jag tog ett steg bakåt. Mina ögon vidöppnades av igenkännandet. Svart hår, de där bekanta glittrande gröna ögonen. Perfekta olivhuden. Fylliga läpparna. Fyrkantiga käken. En bekant uniform med ett emblem på sitt bröst, den jag precis hade sett på min spelskärm.

"Jamie."

Jag stirrade, min hals och mun frysta. Herrejävlar. Den där rösten. Jag *kände igen den där rösten.*

Han var lika stor som jag hade fantiserat om. Nej, större. Bredare. Mer intensiv. Den blicken, den borrade in i mig, genom min flanellpyjamas och till ett ställe som gjorde mig mållös. Mitt hjärta bankade, och jag var rädd att jag tappade det. Hallucinerade. Det här måste vara en dröm.

"Jamie Miller, du måste komma med mig."

"Eh... va?" sa jag slutligen.

"Du är den första Starfightern. Och du är min. Drottning Raya har mobiliserat Dark Fleet, och tillsammans måste vi rädda Velerion."

lexius av Velerion, Jamie Millers personliga hem, Jorden

JAG HADE FÖLJT JAMIE MILLERS FRAMSTEG I VECKOR. Månader. Ända sedan jag hade fått reda på från en av de anställda på träningsakademin att jag hade valts av en nyvärvad från jorden i det nya Elite Starfighters virtuella stridsprogram ämnat för andra världar. Sen blev jag besatt av henne för att fastän hon var på andra sidan galaxen, hade hon blivit mer min för varje dag vi var matchade.

Baserat på hennes förvånade uttryck, var jag inte den enda som var chockad över att bli vald, att inse att vårt band äntligen var på riktigt. Att stå framför henne var mycket intensivare än att interagera med henne i träningsprogrammet. Hon hade bara varit en möjlighet, en digital fantasi. Nu kunde jag se henne, känna henne. Röra henne.

Av mitt första ögonkast... var hon allt jag hade fantiserat om. Och ännu mer perfekt.

"Ursäkta mig? Jag är vad?" Hon lyfte sin hand och gnuggade båda sina ögon. Blinkade. Tittade på mig igen. "Du är fortfarande här. Varför är du fortfarande här?"

"Jag tänker inte gå någonstans. Jag måste prata med dig Jamie."

Hon stirrade, hennes blick omtöcknad och förvirrad. Jag kämpade att inte le. Hon var vackrare i verkligheten. Hennes röst gjorde min kuk hårdare. Hon såg... förbluffad ut. Känslan var ömsesidig.

De nya träningssimulationerna hade släppts på jorden och flera andra världar för flera månader sedan, utan resultat. Tills nu. De få överlevande Starfighters på Velerion hade stridit och kämpat med att skydda min hemvärld. Och de misslyckades. Dog. Försvann en efter en av utmattning eller från de skoningslösa attackerna av drottning Rayas Scythe fighters som tog slut på dem. Sanningen var att vi höll på att förlora kriget. Drottning Rayas överraskningsattack på Elite Starfighters månbas hade tagit kål på åttiofem procent av våra trupper. Tid och skoningslösa sammandrabbningar hade nästan förstört de få vi hade kvar.

Velerion var i trubbel. Vi behövde nya Elite Starfighters. Utan dem skulle hela vår civilisation, vår planet falla för den onda drottningens inkräktare och hennes Dark Fleet allierade.

Om vi förlorade det här kriget, skulle vi samlas ihop, slaktas, eller bli slavar. Vår planet skulle tömmas på resurser. Våra barn skulle tas. Vår historia och kultur skulle försvinna från existensen efter eoner av fridfull lycka. Men Dark Fleet skulle inte sluta efter Velerion. Det fanns andra världar redo att tas över. Många med ännu färre försvarsmakter. Inklusive jorden.

Varje planet som valdes för Elite Starfighter Träningsprogram var i fara, även om de inte visste om det. Vi behövde hjälp nu, men träningen skulle hjälpa varenda en av de valda planeterna senare.

Om Velerion faller. Jag var bestämd över att det inte skulle få hända.

"Det här kan inte vara på riktigt." Hon sträckte upp båda händerna, strök bak håret från sitt ansikte och satte längderna bakom sina öron. Efter alla gånger jag hade sett henne i simulationerna, kunde jag äntligen se den riktiga kvinnan. Hon såg sömnig och sexig ut. Jag ville böja mig ner, greppa tag i henne och dra henne mot mig, krossa hennes mun med mina läppar. Göra hennes kropp min. Men jag vågade inte. Jag var på väldigt lömsk mark. Lagen var tydlig. Även om hon hade klarat träningen, måste hon komma med mig av sin fria vilja. Jag var inte utan heder. Hur mycket mitt folk än behövde hennes hjälp, skulle jag inte tvinga henne att åka tillbaka till Velerion med mig för att rädda planeten.

"Jag är på riktigt." Hon var en Elite Starfighter nu. Hon skulle välja att hjälpa till. Vi behövde Jamie Miller. Vi behövde tusen mer precis som henne. Män. Kvinnor. Androgyner. Människor. Centaurier. Andromedaner. Jag brydde mig inte ett skit om var de kom från så länge de hade färdigheterna som behövdes för skydda Velerion.

Faktumet att Jamie hade valt mig i programmet var en gåva. Jag hade blivit hård när jag först fått reda på vår matchning, när jag såg hennes avatar på min dataskärm. Hennes kurvor. Hennes mörka hår. Att se henne stå framför mig nu var en chock för mitt system. Jag hade hört hennes röst i träningssimulationerna. Sett hennes leende. Hört hennes attityd. Värkt efter att få röra henne. Jag hade faktiskt tänkt på henne, varit fylld av mitt behov av henne sen det första ögonblicket när träningssimulationen hade kopplat ihop oss. Jag måste hoppas att hon kände likadant tillbaka, men av sättet hon uppträdde på, kunde jag inte vara säker.

Verkligheten av henne var en chock för mitt system, lust och fysiskt behov var känslor jag kunde känna pulsera genom varenda cell när hon stod framför mig. Så nära att jag kunde känna lukten av hennes mjuka hud, se hennes glansiga hår. Mina fingrar ryckte vid mina sidor och jag kämpade för att hålla mig lugn. Hon var min nu. Hon hade klarat träningen och hade gett sitt löfte att hon var min. Hon hade accepterat mig. Vi var ett bundet par. Min kropp tillhörde henne och hennes tillhörde mig.

Ändå stirrade hon på mig som om jag vore en främling. Som om vi inte hade spenderat hundratals timmar tillsammans i träningssimulationer. Visst, vi hade varit i olika världar, men jag visste hur hennes röst lät. Visste hur hon rörde sig. Kände *henne*.

Hon måste väl känna mig också? "Kommer du bjuda in mig?"

"Nej. Inte för att det spelar någon roll eftersom du bara är i mitt huvud." Hon sträckte sig för att röra min kind men stannade innan hon gjorde kontakt. Jag stönade nästan av besvikelse. "Shit, du ser ut att vara på riktigt."

Jag tog hennes hand och tryckte hennes handflata mot min kind. "Det är för att jag är på riktigt Jamie. Jag har åkt långt. Jag måste prata med dig."

Min växande besatthet hade inte varit bra för mitt

uppdrag de senaste veckorna. Det var ganska jävla svårt att vara undercover—med fienderna—som en smugglare på drottning Rayas Syrax asteroidbas när allt jag ville var att se på Jamies träningsuppdrag. Under dagen bodde och jobbade jag bland Dark Fleet. Åt med dem, jobbade, och höll mig vid liv i det svarta hjärtat av Dark Fleets starkaste soldatbas.

På kvällen, i mitt hem, tittade jag på repriserna av mina uppdrag med Jamie. Distraktion ledde till misstag och misstag gjorde att folk dog—mina och Naves och Traxs, mina Velerionkamrater som var undercover med mig.

Först hade jag varit skeptisk över Velerions delegations plan att rekrytera till Elite Starfighter skvadronen. Men ju mer jag såg Jamie i simulationerna, desto mer hejade jag på henne. Förväntade mig att hon skulle bli färdig varenda torterande dag jag jobbade på Syrax.

Nu var jag ljusår borta från Vegasystemet för att hämta henne. Ta med henne till planeten Velerion och hennes rättfärdiga plats i Elite Starfighter programmet.

"Snälla Jamie, kan jag få komma in och prata med dig?"

"Så artig. Visst, drömmannen. Kom in."

"Tack så mycket." Min förståelse av hennes modersmål var inte alls flytande. Ändå måste jag övertyga henne att gå med på att komma med mig innan jag kunde ge henne chifferinjektionen. Till och med då skulle det ta nanopartiklarna flera timmar att koppla i hennes hjärna, optiska och hörselneuroner så att hon kunde förstå alla språk.

Av sättet hon tittade på mig, var jag rädd att hon inte skulle acceptera något jag hade att säga.

Omöjliga uppdrag verkade vara mina enda uppdrag efter att kriget hade börjat.

Jag gnisslade mina tänder i fortsatt frustration att någonstans på Velerion gick en förrädare, en högrankad Velerion som hade svikit vårt folk, som fortfarande var fri. Fortsatte att ge information till drottning Raya och hennes trupper på asteroiden Syrax. Jag var inte bekväm med delad lojalitet. Mitt löfte att hitta och förstöra förrädaren stred nu med mitt behov för mitt parband. Bara lite över ett år sedan hade någon jävel gett drottning Raya informationen hon behövde för att organisera en överraskningsattack mot vår väldigt hemliga och gömda Elite Starfighter bas. För att förstöra Velerions försvarsmakt.

Deras uppdrag hade tyvärr lyckats. Min bror dog den dagen. Många vänner också. Jag hade lovat mig själv att skapa rättvisa mot personen som var ansvarig. Efter månader av att låtsas vara en del av Dark Fleet, inneslutna så noggrant, skulle Nave, Trax och jag upptäcka identiteten av förrädaren inom några dagar.

Jag hade varit redo att döda, få min hämnd, men Jamie Miller hade klarat sin träning och accepterat mitt parband. Velerion behövde fortfarande mig, bara på ett nytt sätt. Jag hade återvänt till Velerion och sedan åkt hit, till jorden, för henne.

Jamie tog ett steg bakåt och höll ut sin arm som inbjudan för mig att komma in, ändå var mina fötter fastlimmade i golvet.

Jamie drog försiktigt tillbaka sin hand till sin sida och tittade på mig. Jag förväntade mig skrik, prat, frågor. I stället inspekterade hon mig från topp till tå och brast ut i skratt.

"Roar jag dig?"

"Ja. Jag har en jäkligt bra fantasi."

"Jag förstår." Jag hade aldrig någonsin trott att hon inte skulle tro på sanningen. Värre, att hon skulle skratta åt mig. Jag rynkade på ögonbrynen för det var det hon gjorde nu. Jag hade berättat fakta, sanningen, och hon skrattade. Visste hon inte hur seriöst det här var? Hur *viktig* hon var?

När hon först hade öppnat dörren, hade hennes ögon öppnats stort av igenkänning. Hon hade tagit in mitt ansikte, min uniform och utrustning. Hennes mun hade varit öppen av uppenbar förvåning. Även om vi aldrig hade träffats, var jag ingen främling. Jag hade suttit jämte henne under alla hennes träningsuppdrag, stridit mot Dark Fleet tillsammans. Vunnit. Förlorat. Lärt oss.

Vi var ett stridsteam. En enhet. Ett.

Jag rullade bak mina axlar, breddade min kroppshållning. "Jag är Alexius av Velerion, din partner. Du har slutfört Elite Starfighters träningsprogram. Jamie Miller, du måste följa med mig. Velerion behöver din hjälp att försvara mitt folk mot drottning Raya och Dark Fleet." Så, jag hade sagt allt igen. Långsamt.

Hon gnuggade sina ögon och såg över mig igen. "Ehh... va?" upprepade hon.

"Jag är Alexius av Velerion—" började jag upprepa, men hon avbröt mig med en viftning av sin hand.

"Jaja, visst. Är det Mia eller Lily som fått dig att göra detta för att fira min vinst? Jag menar, wow, de gick verkligen hela vägen. Din uniform är precis som i spelet. Och wow, du ser identisk ut till min spelpartner." Hon lutade sitt huvud från sida till sida, inspekterade mitt ansikte från flera vinklar. Jag justerade mig för att dölja min kropps reaktion när hennes inspektion flyttades längre ner och tog in varenda del av mig, långsamt denna gång. "Gud, var hittade de dig? Du är perfekt." Hon vevade med sin hand i mitt ansikte som om jag var med på skämtet. "Jag menar, bokstavligen perfekt. Du ser exakt ut som honom." Hennes blick smalnade, och hon tittade upp på mig. "Var du en modell för spelet? Du vet, gjorde den där grejen framför en greenscreen med alla de där sladdarna på dig?"

"Jag är ingen modell. Mia och Lily, dina stridskamrater, vet inte att jag är här. De har ännu inte klarat sina träningsprogram. Jag har rest en väldigt lång väg för att träffa dig och eskortera dig hem. Jag ser ut exakt som mannen från dina träningssimulationer för att jag *är* Alexius." Min röst var förvånandes stadig om man tänker på faktumet att min partner trodde att jag var ett... skämt?

Hennes leende försvann då och hon blinkade. Bra, hon började inse att jag var på riktigt.

"Det kan du inte var... det är inte... det är bara ett spel," viskade hon.

"Hey! Var tysta därnere. Folk vill sova!" Skrek en djup, hård röst från någonstans i den här byggnaden med flera lägenheter.

"Förlåt Mr Sanchez!" ropade hon och greppade tag i ärmen av min uniform. Hon drog in mig i sitt hem, stängde dörren bakom henne medan hon mumlade. "Japp, att skrika för att vi ska vara tysta är vettigt. Det här är galet."

Hon svängde runt på sin häl mot mig men gick över

till väggen och tryckte på en liten knapp. En lampa tändes, och det mjuka ljuset från den sken perfekt på henne.

Hon var fin. Hon var kort, läcker, med kurvor som inte kunde döljas under lösa byxor och en ljusblå kortärmad tröja. Trassligt hår.

Hon strök sin hand över sitt ansikte. "Är det här konstigt? Det är konstigt för mig. Är det konstigt för dig? Jag menar, det är som om jag känner dig, men det gör jag inte."

Hennes ord östes ut från hennes mun i en snabb röra.

"Jag har stridit med dig i vartenda uppdrag i Starfighter Träningsakademi. Vi känner varandra ganska bra." Jag stod kvar där, bara någon meter in i hennes hem. Hon var obekväm. Jag hoppades att hon kände sig mer förvirrad och överraskad än rädd.

"Du menar tv-spelet, *Starfighter Träningsakademi*."

Hon använde samma ord som jag gjorde men hon tänkte att det komplexa rekryteringsverktyget bara var ett spel. Något för underhållning. Det verkade som om jag var tvungen att övertyga henne att det inte var det.

"Träningssimulationen är utmanande och nästan omöjlig att klara. Jag försäkrar dig, det är inte ett spel. Du slutförde dina uppdrag. Du förtjänar rankningen som Elite Starfighter. General Aryk välkomnade dig till Velerion. Som din partner är det min plikt och ära att eskortera dig tillbaka till min hemplanet där du ska ta befäl över ditt eget skepp."

Hon satte sina händer på sina fylliga kurvor. "Är du seriös?"

"'Accepterar du mitt emblem som ett tecken på vårt permanenta band? Kommer du att stanna med mig, Starfighter? Kommer du att vara vid min sida och strida med mig till vår sista dag?' Låter dessa ord bekanta för dig?" påminde jag, upprepade de formella frågorna för bandet som jag hade frågat henne i programmet.

Färgen försvann från hennes ansikte, hennes ögon öppnades långsamt upp i vad jag hoppades var att hon började inse. "Du är seriös."

Jag nickade en gång. "Det är jag. Vårt band bekräftades i Hall of Records." Jag sträckte mig upp, tog emblemet från min uniform, och höll ut det mot henne. "Jag gav dig detta innan, men nu ger jag dig det i verkligheten."

Hon stirrade på min gåva som om den var giftig, satte till och med sina händer bakom sin rygg.

De mörka ögonen hoppade mellan emblemet och mitt ansikte flera gånger.

"Jag... jag... vad? Tar Starfighteremblemet och åker med dig till Velerion för att strida mot drottning Raya och Dark Fleet?"

Ah, nu förstod hon. Jag andades ut och lät till och med ett leende lyfta mina mungipor. "Det stämmer."

"För att jag accepterade erbjudandet att bli din partner."

"Ja."

"För att *Starfighter Träningsakademi* inte bara är ett tv-spel men ett rekryteringsverktyg för att hitta folk från hela universum för att strida mot drottning Raya?"

"Ja."

"Varför jag? Jag är ingen, Alex. Seriöst."

Alex? Min blick föll ner på hennes läppar, och jag ville kyssa henne. Nu. "Du, Jamie Miller, är en Elite Starfighter och min partner."

"Okej, låt oss säga att jag tror på dig. Varför skapa det spelet? Har ni inte piloter på Velerion?"

"Vi hade det. Skickligheterna som krävs av en Elite Starfighter är ovanligare än vad du tror." Överrasknings-attacken var fortfarande ett öppet sår i mitt hjärta, och för hela Velerion. "Precis över ett år sedan förstörde drott-ning Raya en hemlig månbas där de flesta av våra Elite Starfighters var stationerade. Månen i sig är inget mer än ett långt asteroidbälte nu. Sten och bråte från explo-sionen utspritt över två system i kretsloppet runt min planet. Bara en liten del av våra Elite Starfighters var inte på basen för tillfället och överlevde attacken. Många av mina vänner dödades den dagen, inkluderat min bror och hans partner."

Hennes axlar sänktes, och hon lyfte sina fingrar till sina läppar. "Gud, det är... jag beklagar."

Jag var inte säker på att hon trodde på mig, att det jag konstaterade faktiskt hade hänt, eller om hon hade varit så fast i sitt *spel* att hon hade blivit empatisk till vad hon trodde var programmets fantasifigurer.

Jag harklade mig. "Träningsprogrammet skapades för att hitta de skickligaste soldaterna från jorden. Vad du kallar ett spel är en stridssimulator som används för att träna våra piloter. Du är den första från jorden som klarat träningen."

Hon satte sin hand på sitt bröst. "Jag? Den första?"

Nickandes tog jag ett steg mot henne. "Du är den första som klarat pilotträningsprogrammet. Du är den första Elite Starfighter från jorden."

Hon såg lika nöjd ut som misstänksam. "Då är du en Elite Starfighter också, för vi gjorde det tillsammans."

Jag nickade. "När du hade klarat din träning blev jag

ett med dig. Jag blev tilldelad ett nytt uppdrag." Jag ville inte utveckla om vad mitt jobb på Syrax var. Jag hade en tydlig befallning att hålla vad jag gjort det senaste året hemligt. "Jag notifierades om vår första matchning flera månader sedan, på jordens datum trettonde juni."

Hennes ögon öppnades stort. "Dagen jag skapade dig i spelet?"

Jag log då. Det var roande att höra hennes perspektiv av träningsprogrammet. "Du *skapade* inte mig. Du valde fysiska och kognitiva val som, när de kombinerades, matchade mina."

Hon rynkade på ögonbrynen. "Du menar om jag hade valt andra saker, hade jag matchats med någon annan? Någon annan som finns *på riktigt*?"

"Ja." Jag tittade ner på mig själv, strök en hand över mitt bröst. Hennes blick följde rörelsen. "Jag är glad att du tycker mina delar är tilltalande." Det var min tur att se över henne, uppskattade varenda centimeter. "Jag tycker att dina delar är tilltalande också."

Hennes kinder blev rosa, och hon tittade bort. Jag kände av intresse och nöje, fast hon välkomnade inte något av dem. Jag skulle vinna över henne, jag var säker på det.

Hon stampade över till en stol med hög rygg, satte sig ner. Utrymmet var litet, ett vardagsrum med en bekväm sittdel som var riktat mot en stor, platt skärm. Hon sträckte sig och tog tag i ett svart objekt från det låga bordet framför henne.

"Det är så här jag spelade. Med en spelkontroll." Hon lyfte sin haka mot skärmen på väggen. "Min TV."

Så det var här hon tränade. Jag hade försökt att tänka mig hur det hade sett ut, men nu var jag här. Hon kanske inte var den enda som hade svårt att förstå att det här faktiskt hände. Det var inte varje dag en Starfighter träffade sin matchade partner... från en annan planet. Att se hennes lilla kropp på stället där hon hade stridit jämte mig, där vi hade pratat med varandra, kämpat tillsammans... *fan*. Jag ville ställa mig på knä framför den där stolen och röra henne. Överallt.

Dags för en distraktion.

"Du sa till mig att hålla käften under vårt sista uppdrag," sa jag, log när jag kom ihåg hennes attityd.

Hennes huvud svängde upp mot mitt, och hon stirrade på mig, nästan rädd.

"Hur vet du—"

"För det är på riktigt. Jag finns på riktigt. Fienden du stred mot finns på riktigt. Fast uppdragen är simulerade, är striderna baserade på tidigare utmaningar våra Elite Starfighters har haft. Träningsscenariorna är identiska till riktiga händelser som vårt folk har kämpat med tidigare. Du har tränats. Du utmärkte dig. Det är dags att uppfylla ditt öde och strida vid min sida."

lexius

HON BÖRJADE SKRATTA IGEN, men slutade medan hon fort-
satte att titta på mig. Jag rörde mig inte, andades knappt.
"Åh herregud. Du är verkligen seriös."

Hon tog ett annat objekt från bordet, riktade det mot
sin skärm. Hon tryckte på en liten knapp, och skärmen
lös upp. Hon satte ner apparaten och tog upp spelkon-
trollen, tryckte på några knappar, men skärmen fortsatte
att vara tom.

Hennes händer flög upp i en uppenbar frustration.
"Se? Det är sönder."

Hon kastade kontrollen på den hårda ytan och det
skramlade till.

Jag skakade på huvudet. "Nej. Det är avklarat. Din
träningssimulation är över, och informationen har rade-
rats för att skydda din identitet."

"Menar du att jag inte kan spela längre?" frågade hon, strök en hand över sitt hår igen, den här gången som en arg gest.

"Du accepterade bandet. General Aryk välkomnade dig till Velerion. Det enda uppdragen kvar för dig nu är de som finns på riktigt."

Hon hoppade upp på sina fötter, började att raska mellan sin stol och skärmen. "Låt oss säga att det här är på riktigt."

"Det är det."

Hon tittade upp på mig, kisade med ögonen på ett välbekant sätt som jag hade sett under träningen. Irritation. "När jag kommer dit, ska jag bara leva och strida med dig för att rädda Velerion från drottning Raya och Dark Fleet?"

"Precis."

"För att vi är ett bundet par."

"Exakt." Nu förstod hon. Kanske skulle det här inte vara så svårt.

"Jag känner inte ens dig."

Det var min tur att rynka på ögonbrynen. "Du var jämte mig under varenda ett av de där uppdragen. Jag vet hur du tänker. Hur du strider. Jag älskar ditt mod. Din attityd. Din oräddhet. När du säger att du inte känner mig, tycker jag det motsatta. Du sa till dina vänner, Mia och Lily, att jag var din ideala partner."

Hon rynkade på ögonbrynen; sen öppnades hennes ögon när hon insåg. "Hörde du det? Har du hört allt vi sagt?"

"Som jag sa, träningen är på riktigt."

Hon slutade att raska, vände sig mot mig, och stirrade. Blinkade lite mer. Jag var inte säker på om hon hade något i sitt öga eller om hon undrade om jag skulle försvinna om hon gjorde det tillräckligt. "Du är på riktigt."

Jag kortade distansen mellan oss och tog hennes hand. Kände mjukheten av hennes hud, hennes värme. Hon flämtade till.

"Jag är på riktigt och jag är din." Jag höll fortfarande Starfighter emblemet men gav det inte till henne för hon drog tillbaka sina händer igen när jag höll upp det för henne att se. "Det här är ditt, bevis på att du är en Elite Starfighter. Att vi nu har ett band, är ett stridspar. Att vi ska jobba tillsammans för att rädda Velerion." Jag tog ännu ett steg närmre, justerade mig så att våra bröst nästan rördes. "Och så mycket mer."

"Ehh... ja, när det kommer till det. Sakerna jag sa..."

När vi stod såhär nära, var skillnaden på våra storlekar betydande. Hon kom knappt upp till min axel, och hennes blick var på mitt bröst. Det rosa på hennes kinder indikerade att hon var generad över vad hon hade sagt om mig till sitt träningsteam. Jag flinade, kom ihåg. Jag hade blivit hård direkt när hon hade delat hur "het" hon tyckte att jag var. Jag hade varit tvungen att jobba på min jordslang genom mitt chifferimplantat för att förstå att hon var attraherad av mig. Och när jag hade förstått det, fanns det ingen väg tillbaka. Skicklighet och sexighet blandat i en vacker, orädd kvinna med attityd.

Jag kunde inte räkna antalet gånger jag hade smekt min kuk utan att få total tillfredsställelse när jag tänkte på hennes bild i repriserna. Hennes röst. Allt om henne.

Verkligheten var ännu bättre än skärmen. Jag kunde känna hennes doft, något sött. Jag kunde känna på henne. Varm och mjuk. Anpasslig men stabil. Jag kunde se nyansen av hennes känslor, inte bara höra de i hennes röst.

Hon var multidimensionell nu, precis som jag var för henne. Det var svårt att ta in, och jag kunde förstå hur hoppet för henne till den här nya versionen av verkligheten kanske var intensiv.

Jag sträckte mig upp, tillät mig själv att stryka hennes hår, de silkiga längderna fastnade mellan mina fingrar. Jag ville greppa tag i det och dra, vinkla upp hennes ansikte för att kyssa henne.

Jag stönade och det fick henne att titta upp på mig, värme och överraskning var som eld i hennes ögon för jag gjorde inget för att dölja hur jag kände för henne. Behovet, ivrigheten att göra henne min på alla sätt och vis. Att ta med henne till Velerion för att börja vårt liv ihop. Att se hennes flygskickligheter på riktigt. Att njuta av tanken att någon så genialisk och kapabel var *min*.

"Alex," andades hon. Det var första gången hon sa mitt namn med den där flämtande rösten. Hon var den som kortade det, men jag älskade det på det här sättet. Bara när hon sa det. Om de andra där hemma försökte, skulle jag slå ner dem.

"Som ditt stridsteam sa till dig, säg ja." Jag strök en knoge längs hennes mjuka kind, och hennes ögon slöts.

"Jag kan inte bara lämna mitt liv här."

"Ditt liv är på Velerion. Du bevisade det när du klarade träningen."

"Men—"

"Sluta tänka," sa jag, avbröt henne eftersom jag inte hade så mycket tålamod ändå. "Känn efter. Precis som när vi flög i uppdragen tillsammans."

"Det var bara ett spel!"

Jag skakade på huvudet. "Nej. Det var en träningssi-
mulation, en som du utmärkte dig i. Du är redo nu för
ditt liv som en Elite Starfighter. Ditt liv med mig. Velerion
behöver dig och det gör jag också."

"Jag måste vara galen för jag vill åka... jag menar,
spelet är allt jag är intresserad av här på jorden. Mitt jobb
är bara en lön, och jag är en fullständig eremit när jag
inte är på jobbet."

"Har du ingen familj?" Det var inte något jag hade
tänkt på under träningsprogrammet, eller något jag hade
undrat om. Jag hade bara tänkt på Jamie.

Hon skakade på huvudet och skrattade lite ledsamt.
"Min mamma är en alkoholist. Hon valde flaskan över
mig, och jag har inte pratat med henne på åratal. Min
pappa lämnade oss när jag var liten. Det är bara jag."

Jag gillade inte tanken av att hon var ensam. Av att
hennes mamma... inte var så moderlig. Men jag var
tacksam att hon inte nämnde en man i sitt liv. Hon
nämnde inte en älskare. Men hon hade mig nu, och jag
skulle ge henne allt hon ville ha, i sängen och utanför. Jag
skulle inte göra henne besviken.

Jag satte mina händer på hennes axlar, vände oss
båda, satte mig i hennes stol, och drog ner henne i mitt
knä. Hon flämtade, och skruvade på sig sedan.

"Jamie," Jag gnisslade mina tänder. "Min åtrå för dig
är uppenbar. Försöker du tortera mig?"

Hon stillnade då. "Du... du vill ha mig?"

Min hand var på hennes höft, och jag gav den en
mjuk kläm. Det verkade som att min stenhårda kuk inte
var tillräckligt bevis för att övertyga henne. "Jag var med
dig genom hela träningen. Vi satt sida vid sida. Vi
pratade. Vi stred. Vi misslyckades. Vi vann. Du valde mig

från ett statistiskt högt antal av Velerianer. Jag åtrår dig. Min hårda kuk är en uppenbar indikation. Jag har ett begär för din fysiska form. Din anda. Ditt sinne."

Hon stelnade. "Du kommer inte att låta mig säga nej?"

"Du har redan sagt ja," kontrade jag.

"Men det var inte *på riktigt!*"

Det var tydligt nu att det fanns ett problem med träningsprogrammet. Träningssimulationen gav en intensiv och realistisk stridsupplevelse. Jag hade inga tvivel på att Jamie kunde ta kontrollen över sitt skepp och lyckas i strid. Men i slutet av simuleringen, när löftet och acceptansen av parbandet hände, kände kanske människor inte sig tvingade att hålla löftet mellan ett bundet par.

När jag accepterade Jamie som min, visste jag konsekvenserna, exakt vad som var involverat. En livstid av strid och att leva tillsammans, närmare än alla andra älskare på Velerion. Bandet mellan Elite Starfighters var unikt och starkt, blev starkare efter varje gång vi flög på ett uppdrag. Teknologin vi skulle interagera med i starfighterskeppet skulle förena bandet, stärka det varje gång vi flög. Jag hade sett det med min bror och hans parband. De hade varit djupt kära samtidigt som de var vildsinta, effektiva soldater.

Min och Jamies åtrå för varandra skulle bara växa. Vårt behov av att vara tillsammans, att röra varandra. Jag beundrade Jamie, åtrådde henne. Men för henne hade mitt erbjudande varit på låtsas. Hennes svar? Hon hade spelat på låtsas, som ett litet barn skulle. Det fanns inget sätt att undvika den falska tron av träningskandidaterna. Velerions programmerare kunde inte låta träningskandidaterna veta rätt ut vad syftet med simulationen var. De flesta, som Jamie, skulle inte tro på sanningen även om vi gav dem den. Planeterna vi hade skickat simulationen till visste inte det sanna läget i universum. Alla av dem var primitiva, trodde att de hade varit ensamma i galaxen, flytande på sina små planeter runt sina ännu mindre stjärnor.

Men nu, när Jamie tvivlade, verkar det som om jobb måste göras mellan matchade par innan man återvänder till Velerion.

Jag hade inga tvivel på att klä av henne naken och knulla henne till att förstå djupet av mitt behov och åtrå skulle vara effektivt, men jag ville inte att intimiteten mellan oss skulle vara det enda måttet av vår matchning i hennes huvud.

"Alex, jag... jag vill att det här ska vara på riktigt, men det är helt galet. Jag är galen om jag accepterar att åka med dig."

"Det är du inte."

"Låt oss säga att jag åker med dig. Vad händer om jag hatar det? Låter du mig åka tillbaka då?"

Jag hade inte ens tänkt på det konceptet. Jag visste inte vad jag skulle säga. Skulle jag lämna min matchade partner på hennes hemplanet? Tanken var lika galen för mig som tanken att åka till Velerion verkade vara för henne. "Om du inte är lycklig, tar jag dig tillbaka till jorden."

Jag skulle se till att hon var lycklig och väl tillfredsställd och aldrig ville återvända. Det var mitt jobb att försäkra att min matchade partner inte hade någon vilja att lämna mig eller hennes nya hem.

"Okej."

Det var min tur att blinka. "Accepterar du?"

"Fråga mig igen."

Jag höll hennes blick medan jag upprepade löftet hon hade blivit frågad att göra så att hon skulle veta exakt hur seriös jag var. "Vi har matchats genom Starfighter Velerions träningsprogram. Vi har spenderat många timmar tränandes tillsammans. Stridit tillsammans. Accepterar du mitt emblem som ett tecken på vårt permanenta band? Kommer du att stanna med mig, Starfighter? Kommer du att vara vid min sida och strida med mig till vår sista dag?"

Hon skrattade, skruvade sig igen i mitt knä. "Jag är galen. Jag borde ringa Mia och Lily. Prata med dem om det här. Men de skulle säga till mig att åka. Så... okej. Jag åker med dig till Velerion och räddar planeten från drottning Raya och Dark Fleet."

Tillfredsställelse rann igenom mig. "Accepterar du bandet mellan oss? Går med på att vara min matchade partner?"

Hon tittade på mig annorlunda nu, hennes blick flyttades till mina läppar. Jag såg hennes varma blick. "Parad med dig? Strida med dig? Ja."

Jag behövde inget mer än det. Med emblemet fortfarande i min handflata, sträckte jag mig runt och kupade hennes nacke, sänkte mitt huvud, och kysste henne.

Hon flämtade till och jag använde det, min tunga kunde ta sig in i hennes mun, hittade hennes. Sedan stönade hon, smälte i min famn. Det var då jag pressade emblemet mot hennes hud. Den vassa nålen av emblemet skulle fylla hennes kropp med vätska för att söva henne och ge henne andra näringsämnen som var designade att göra hennes resa till Velerion mindre stressig. Velerianer hade åkt genom rymden i eoner. Människor var mindre, var inte anpassade för sådant resande.

Hon sjönk ihop i mina armar, medvetslös, och jag höll henne i några långa minuter medan näringsämnena och nanopartiklarna spriddes i hennes kropp. Jag behövde vara säker på att både medicinen och chifferimplantatet hade tid att få full effekt.

Men det var en lögn.

Jag såg det mörka spåret av Starfighteremblemet ta form när de mikroskopiska naniterna rörde sig och spriddes under hennes hud i hennes nacke. Som en människas tatuering, skulle det slingriga märket för alltid vara under hennes hud. Vi var ett par på riktigt nu, i livet och i strid. Symbolen i våra nackar, i varje Elite Starfighters nacke, var ett märke av heder och rank. Överallt Jamie gick skulle folk ge henne respekt och beundran.

Och de skulle veta att hon var matchad. Parad.

Min.

Jag ångrade inget.

Jag ville ha den här människan. Min matchade partner. Men det skulle komma senare. Om jag tänkte för mycket på vår framtida njutning, skulle jag aldrig få bort Jamie från den här lilla, primitiva planeten.

Jag ställde mig försiktigt upp, med Jamie i mina armar. Jag skulle göra henne bekväm innan jag skulle göra ännu en resa för att hämta några av hennes saker. Med en försiktighet jag aldrig känt förut, bar jag henne från hennes lägenhet och till ett nytt liv med mig på Velerion.

4

J amie, Månbasen Arturri,
Vegasystemet

Dimmigt började inte ens att beskriva den bultande förvirringen i mitt huvud när jag kämpade med att vakna till. Varma lakan och en mjuk kudde hotade att släcka mig igen, men jag hade den där konstiga känslan att jag redan hade varit borta för länge. Som när jag brukade vakna upp tre timmar för sent för att gå till jobbet för att förkylningsmedicinen jag tagit kvällen innan fått mig att sova genom alarmet.

Det var inte bara det mjuka täcket som fick mig att gosa ner mig mer. Det var den hårda kroppen mot min rygg och lår, den starka armen slängd över min midja. Den stora handen som kupade mitt bröst. Den grova längden som tryckte mot min ryggrad.

En man. En stor, stark, varm, gosig...

Varenda muskel i min kropp stelnade som en sten. Panik. Det var det som fick mitt hjärta att bulta och dimman började klara upp sig. Jag tvingade upp mina ögon och blinkade flera gånger innan jag vågade röra mig. När jag hade tagit modet till mig, försökte jag att vända mig, men armen runt mig höll fast mig. "Shh."

Jag kände igen det där djupa, morrande ljudet.

Istället för att dra mig bort, vände jag på mitt huvud. Och där var han.

Det hade inte varit en dröm eller en hallucination, men jag var helt klart galen. Det här kunde inte vara på riktigt. Kunde det?

"Alex?" Min hals var torr.

"Ja."

Jag var i sängen med Alex, Starfighterhetingen från mitt tv-spel. Och han tafsade på mig. Min bröstvårta var hård, och jag svankade med ryggen så att mitt bröst fyllde hans handflata. Nu kunde jag känna hans hårda kuk ännu mer. Grov, lång och... där, fast han gjorde inget åt det. Han var possessiv i sin beröring, inte aggressiv. Han försökte inte dölja sitt intresse för mig, förneka det, eller ens be om ursäkt för det.

"Försök inte att resa dig upp." Hans gröna ögon hoppade mellan mina, och sedan över mitt ansikte. Han lyfte sin hand, strök en knoge längs min kind. Jag fick gåshud av den lätta beröringen.

Japp, han var på riktigt. Jag tittade definitivt inte på honom genom en TV. Sedan gled hans hand bort och ner på min höft. "Ge dig själv tid att justera till chifferimplantatet."

Hans svarta hår såg rufsigt ut av sömnen. Han studerade mig som om han inte hade något annat att titta på. Jag blev vilse i honom ett ögonblick, men hans ord sjönk in.

"Va?"

Ett implantat? Var exakt hade något implanterats? Jag satte mig snabbt upp i sängen, och rummet snurrade så mycket att jag föll bakåt igen.

Rätt tillbaka ner i Alex armar. Jag hade vetat i månader hur han såg ut, hur han lät. Jag visste till och med att han var stor och stark. Men hans doft? Han luktade som sex och het man. Inget... jordlikt. Inget barr eller läder. Han luktade... underbart, fast jag var på väg att spy upp vad som än fanns i min mage på hans varma, sexiga bröst.

Väldigt långsamt flyttade han sig, lutade sig mot sängkarmen, höll mig nära. Kontakten hjälpte mig att hålla mig lugn när jag definitivt höll på att flippa ut.

Jag hade ingen aning om varför jag kände så här, men jag var besviken att han inte var naken. Mannen jag hade drömt om i månader och han var i en säng bärandes en välbekant uniform. Den en Starfighter bar.

Jag gosade med en het Starfighterutomjording... och jag hade på min osexiga pyjamas. Jag jämrade generat, och han tog det som obekvämhet.

"Snälla, rör dig inte för snabbt." Hans stora hand gled upp och ner över min rygg, vilket var lite distraherande. Det var även att vara i hans famn. Det var även... han. Det var som om han inte kunde sluta röra mig, och jag ville inte att han skulle sluta. Han var det enda bekanta för tillfället. Mitt ankare, vilket var galet i sig självt.

Medan han höll mig, tittade jag runt i det enkla rummet. En stol i hörnan. Inget annat utöver sängen vi

låg i. På väggen fanns Starfighteremblemet. Stort, metal-
liskt, det matchade det på hans uniform. I tv-spelet och
på förpackningen. Marknadsföringen. Allt. Det var som
ett läskföretags logo. Bekant. Igenkännbart. Och omedel-
bart visste jag vad det betydde.

"Vart är vi?" frågade jag, vinklade upp mitt huvud för
att titta på honom.

"Vad är det sista du kommer ihåg?" frågade han,
höjde ett mörkt ögonbryn medan hans blick rördes över
mitt ansikte.

Jag blinkade, tänkte hårt. "Du kom till min lägenhet.
Berättade några galna saker om Velerion och
Starfighters."

"Kommer du ihåg att du gick med på att följa med
mig till Velerion?"

"Ja?" Typ. Allt var lite suddigt, men jag kom ihåg.

"Jo, partner, vi är nu på Arturri, den tredje månen av
Velerion. Vi är i vårt personliga hem på den nya Star-
fighterbasen."

Ehh... huh? Vänta...

"Seriöst? Vi är inte på jorden?"

"Nej."

Jag tittade runt, försökte tro på att vad jag hade hört i
tv-spelet faktiskt var på riktigt och att jag var på en måne
som kretsade runt en annan planet. I ett annat solsystem.
Min blick fastnade på bagage som såg bekant ut. En svart
väska som jag hade använt när jag hade åkt till de kana-
densiska klippiga bergen förra sommaren och två avoka-
dogröna resväskor som jag hade tagit när jag lämnat min
mammas hem för sista gången. Fast jag visste svaret,
frågade jag. "Är de mina?"

Han sneglade över sin axel. "Ja." Han vände sig mot

mig, och hans hand flyttades för att täcka min. Hans beröring var långsam och försiktig. Jag kände förhårdnader i hans handflata, och det lättade mig att veta att han inte var perfekt. En tv-spelsman som var på låtsas skulle inte ha det. De gjorde honom äkta. Och den handen hade kupat mitt bröst.

Kupat. Mitt. Bröst.

Vilket verkligen fick ut mig i rymden. Nej, det där var inte vettigt. Som om det enda stället jag kunde få lite kul var på en annan planet. Eller månbas.

"Jag trodde att du kanske skulle känna dig mer bekväm om du hade dina saker här, i vårt nya hem."

"Nya hem?"

Hans suck var djup, hans besvikelse tydlig genom hur hans axlar sänktes och hans nedvända läppar. Ingen som var så snygg borde se så deprimerad ut. Och jag var anledningen. Han hade varit snäll, plockat ihop mina saker. Omtänksam.

Jag flyttade mig i hans famn, satte mig upp helt. Rummet snurrade inte denna gång, och jag inspekterade det stora sovrummet med en kingsize säng, flera inbyggda garderober och byråar längs väggen, en dörr som gick in till vad som verkade vara badrummet, och en annan dörr som var helt stängd. Lakanen var mjuka, lamporna dova, och jag ville inte riktigt röra på mig. Jag var inte redo för det här. Det var jag verkligen inte. Jag suckade, och sa sedan. "Förlåt. Jag vet att jag frågar samma saker om och om igen. Det här är mycket att ta in."

Hans tumme strök ovansidan av min hand, och jag dolde rysningen av lust som kändes genom mig av hans lilla beröring. Mannen var dödlig. Jag visste nu precis hur stor han var jämte mig. Jag kunde känna hans andning, känna texturen av hans uniform. Samma som den jag hade burit när jag flög i alla de där träningarna jämte honom.

"Kanske kommer du känna dig bättre efter en dusch och ett klädombyte."

Varm dusch? Ja tack.

Jag gick med på det direkt. Han klättrade ur sängen, och hjälpte mig sedan att ställa mig upp. Efter att han hade försäkrat sig om att jag inte skulle trilla, ledde han mig till det anslutna badrummet som nästan var identiskt till ett på jorden. Handfat. Toalett. Medan han tryckte på några knappar, suckade jag nästan av lättnad över ljudet av rinnande vatten. "Jag trodde att vi var på månen? Hur kan vi ha vatten?"

Min hjärna var definitivt rörig, för jag frågade om konstiga vetenskapsgrejer. Jag ville fråga honom om hans kuk var så stor som den kändes, men jag var inte säker på om han skulle skratta, springa därifrån, eller låta mig röra den och få reda på svaret.

"Arturri har två stora istäcken och väsentliga grund-vattenssamlingar. Allt vårt vatten återanvänds och renas. Vi har mer vatten här än vad vi någonsin kommer behöva."

Så det var inte en fattig, stenig, grå klump i himmelen över Velerion. Och för att få svar på kukfrågan, glodde jag på framsidan av hans uniformsbyxor. Utbuktningen var oneklig.

Alex pekade på en liten garderob i sovrummet bakom oss, missade förhoppningsvis hur öppet jag glodde. Men, han hade hållit mig när jag sov och hade rört mig ganska intimt. Det var ett utbyte. En tutte för kuk.

"Rena uniformer finns där. De borde passa dig perfekt."

"Okej." Om den fick mig att se lika bra ut som Alex gjorde, var jag okej med det. Plus att jag var nyfiken. Skulle den se ut precis som uniformen min avatar hade burit i spelet?

"Kommer du vara okej själv?" Han såg över mig på ett undersökande sätt, fast jag kunde inte missa glimten av uppskattning. "Resan i rymden är inte ett problem för de som har gjort det i hela sitt liv. Du kommer anpassa dig snabbt, men jag vill inte att du trillar i duschen och gör dig illa. Jag kan hjälpa till."

"Vill du tvätta mig?" frågade jag, min mun var öppen. Min röst lät förvånad, inte för att jag inte kunde göra det själv, men för att jag *verkligen* gillade den idén.

"Vi är partners. Vad du än behöver, kommer jag ge dig."

Jag hade en känsla av att han menade mycket mer än att hjälpa mig med tvål och en handduk.

Wow, okej. Fast han var... fantastisk, var jag inte riktigt redo för det. Ändå visste jag inte vad som skulle hända om han tog av sig sina kläder. Min hjärna—och kropp— skulle förmodligen smälta. Hur galet det här än var, var jag attraherad av honom. Allt jag hade sagt till Mia och Lily hade inte varit fel. Jag ville ha honom.

Jag harklade mig. "Jag kan göra det själv. Tack."

Fastän hans attraktion hade varit uppenbar, var Alex en gentleman och vände på sin häl och lämnade mig ensam. Dörren stängdes bakom honom, han lämnade mig ostörd för en lång, varm dusch. För lång förmodligen, men jag var inte riktigt redo att ta mig an vad det än var för galenskap jag hade hamnat i. Efter att jag inte kunde bli renare, stängde jag av vattnet, torkade mig själv, och tog fram uniformen.

Precis som han hade sagt, passade den som handen i handsken. Jag tog fem minuter till för att snurra runt, runt och beundrade mig själv i spegeln jag hade upptäckt på insidan av garderobsdörren. Jag var i Starfighter uniformen.

OMG. Jag hade tänkt på hur det skulle vara att bära en, och nu gjorde jag det.

Jag såg bra ut. Den tajta, svarta uniformen gjorde ett bra jobb att få mig att se smalare ut än vad jag var. Tuffare. Starkare. Mer självsäker, för jag behövde all hjälp jag kunde få.

Jag gav en snabb blick på min pyjamas på golvet. Jag kände mig som om jag hade lämnat min jordpersonlighet och var nu en Starfighter. Var jag galen? Det här *var* på riktigt.

Jag kunde inte stanna i badrummet och undra. Min nyfikenhet ledde in mig i det andra rummet, som var tre gånger storleken av min lilla enrumslägenhet på jorden. En köksdel med ett litet bord och fyra stolar öppnade upp till ett stort vardagsrum med en divansoffa som såg ut som om ett helt basketlag kunde sitta i den och det ändå skulle finnas plats över. Utöver den massiva soffan, stod två stora fåtöljer runt ett fyrkantigt bord som var perfekt att sätta upp värkande fötter eller en drink på efter en lång dag.

Golvet såg ut som vanliga brädor, men det hade varit mjukt under mina bara fötter i sovrummet och jag sjönk ner i det enkla golvet som om jag gick på ett moln.

Jag kände igen allt. Till och med lamporna som stod i var ände av soffan, kuddarna. Den fina statyn av en Vele-

riansk varelse—vars namn jag inte kunde komma ihåg—
som stod vakt jämte ytterdörren. En lyckoamulett eller
något sådant. Varenda detalj hade jag valt. Igen, från de
tillgängliga menyvalen i spelet... men ändå.

"Åh herregud. Det här är galet."

"Gillar du det inte? Du kan ändra vad du vill." Han
tittade runt som om han aldrig hade sett utrymmet tidi-
gare. Kanske hade han inte det. När jag hade gått in i min
spelmeny och valt soffan och dekorationerna, hade det
bara varit ett spel för mig. Kul. Mitt enda tillfälle att
designa ett utrymme utan att tänka på kostnaden. Nu
stod jag i det utrymmet, och jag visste utan att titta bakom
de andra fyra dörrarna att jag skulle hitta ett till badrum,
ett extra sovrum, ett taktikrum som användes för att lagra
extra vapen och utrustning, och den svarta dörren skulle
ta oss ut i korridoren, till månbasen.

"Det är perfekt."

"Instämmer." Alex vände sig och tittade på mig uppi-
från och ner, och jag visste att han inte pratade om vår
lägenhet. Hem. Vad det nu var. Värmen i hans ögon fick
mig att pirra överallt. Min tid framför spegeln hade inte
gjort något för mitt självförtroende i jämförelse med hur
han glodde på mig.

"Måste vi städa det här stället? Det är tre gånger stor-
leken av min gamla lägenhet."

Alex skrattade. "Självklart inte. Vi har tjänsterobotar
som tar hand om underhåll och städning."

"Tack gode Gud. Jag hatar att städa toaletter."

Hans skratt var dånande nu, och mitt leende var så
stort att mina kinder värkte. När hans nöje dog ner, foku-
serade han på mig med en blick som en man hade när
han gillade vad han såg i en kvinna. Åtrådde henne. "Du

gör mig nöjd, partner," sa han, hans röst var djup. Jag
hade hört tonen tidigare, men den hade alltid varit
teknisk, inte sexuell.

En blixt av feminin tillfredsställelse kändes genom
mig, och jag kände hur mina kinder blev varma. Jag sneg-
lade bort under hans intensiva granskning. Sedan
kurrade min mage.

Han flinade och höll ut sin hand. "Kom. Jag ska ge dig
mat, och sedan ska jag eskortera dig till ditt skepp."

Jag frös till. Het man och mat glömdes. "Mitt *skepp?*"

Han nickade, hans mörka hår trillade ner i hans
panna. "Självklart. *Valor.*"

Jag lyfte en hand som för att stoppa honom. "Vänta.
Det var bara ett namn jag hittade på. Det var bara för
spelet."

"Det var jag också," svarade han, korsade armarna
över sitt bröst, hans axlar bak.

Jag suckade. Ja, jag hade hittat på honom som en del
av spelet också. Och ändå var han en riktig man. En riktig
utomjording. Det betydde att *Valor* var på riktigt också.

Igen, herrejävlar.

 amie

"KOM," sa han igen, ledde mig mot dörren som skulle ta oss till världen utanför.

I en snuskig sekund, kunde jag bara tänka på att han skulle säga *kom* till mig för en helt annan anledning.

Jösses. Jag var på en utomjordingsplanet, parad med en sexig utomjording—för livet—och jag kunde inte få min hjärna att fokusera på något annat än att kyssa honom igen. Att han ska kupa mitt bröst igen. Sex.

Sex. Sex. Sex.

Jag hade inte tänkt på sex så här mycket på flera månader. Nej. I helvete heller. Aldrig. I. Mitt. Liv.

När jag följde efter Alex, bestämde jag att min besatthet var helt och hållet hans fel. Han var för lång, hans röv för tajt, hans kuk hade varit för jäkla hård när den pressade mot min rygg, och hans ögon var för gröna. Vem hade sådana ögon? Och hans hår? Som svart silke? Fel. Helt fel. Han var för mycket för någon normal, mänsklig kvinna att motstå. Så uppenbarligen var den här nya besattheten av att klä av honom naken och klättra upp på honom hans fel.

Och vi bodde här. *Tillsammans*. Jag och han. Han och jag. *Vi*.

Han studerade mig innan han öppnade dörren, kupade min haka. "Hur är ditt huvud? Är du yr?"

"Nej." Jag hade lite kvardröjande huvudvärk, men det var allt. Duschen hade verkligen hjälpt, och jag hoppades att när han hade sagt att jag skulle anpassa mig, att han menade snabbt. "Hey, vad exakt menade du innan när du sa 'implantat'?"

Han rörde sig närmare och hans handflata gled runt till sidan av mitt huvud. Jag höll mig helt stilla, längtade efter hans beröring och var nervös samtidigt. Han strök sina fingrar genom mitt hår och rörde en väldigt öm punkt nedanför mitt huvud. Jag ryckte till.

Hans ögon undvek mina. "Förlåt, partner. Chifferimplantatet är baserat av naniter som binder sig samman till ditt nervsystem. De kommer se till att du kan läsa, höra, och förstå alla språk som vi känner till."

Mina ögon öppnades stort. "En universell översättare?"

"Ja."

"Och det fungerar för att läsa också?"

"Implantatet justerar impulserna som skickas till och från bearbetningscentret i din hjärna. Dina ögon kanske ser Veleriansk standard, men dina nervcellsimplantat kommer justera signalen så att din hjärna tror att den ser ditt modersmål."

"Alla språk?"

"Alla språk som vi känner till, inklusive de flesta språken som pratas på jorden."

Wow. Ehh... *galet*. Jag hade kunnat använda det här under franskan i gymnasiet. "Vilket språk pratar du just nu?"

"Velerianska."

"Seriöst? Men jag hör engelska."

"Som jag sa, chifferimplantatet justerar de elektroniska signalerna när de träffar ditt öra. Det justerar dina nervcellers impulser att härma ditt språk innan de når bearbetningscentret i din hjärna."

Herrejävlar. Jag borde ha varit mer uppmärksam i biologiklassen.

"Okej." Jag skulle tänka på det senare. Eller jag skulle kanske inte det. Jag skulle lägga till det på listan. En väldigt lång, blir-längre-för-varje-sekund lista av saker som inte var vettiga. Jag bet mig i läppen. "Hey, Alex?"

Han höjde ett mörkt ögonbryn, väntade på att jag skulle fortsätta.

"När jag valde dig, hade du ett val?"

Han rynkade på ögonbrynen, blinkade. "Jag förstår inte."

Jag gillade inte tanken av att han kanske tvingats att vara min partner om vad han faktiskt ville ha var en lång, smal rödhårig tjej med fräknar och blå ögon. "Blev du... är du fast med mig? Jag menar, du kanske inte gillar mig?"

Han tittade på mig noggrant, stirrade så länge att jag ville skruva på mig. "Jag såg över dina första träningsuppdrag. Då accepterade jag dig som min träningspartner. Hade jag åtrått någon annan, kunde jag ha avslutat vår matchning."

"Hur?"

"Träningsprotokollet ger varje Velerian valet att misslyckas med ett uppdrag. Om vi inte hade varit kompatibla, hade vi misslyckats. Hade det hänt, hade ditt uppdrag avslutats, och du hade varit tvungen att börja om."

Min mun öppnades, förvånad. "Börja *om?* Jag hade varit tvungen att skapa någon annan." Tanken av att förlora Alex var ännu värre än innan, när jag hade trott att han bara var en del av spelet. Nu visste jag att han var *på riktigt.*

"Inte skapa, men *välja* någon annan. Varje soldat tillgänglig i träningssimulatorn finns på riktigt."

Jag tänkte tillbaka på dagen jag hade skapat—eller trott att jag hade skapat—Alex. Vad han sa var vettigt. Jag hade aldrig obegränsade val i spelet. Om jag hade valt lojalitet som mitt viktigaste personlighetsdrag i en partner, skulle jag sedan bli frågad att välja ett andra önskat drag. Och sedan ett tredje. När jag hade svarat på i alla fall trettio frågor om min ideala partner, hade jag getts valet av en man, kvinna, eller androgyn partner. Sedan storlek. Kroppsbyggnad. Hårfärg. Ögon. De fysiska valen hade varit sist, men jag hade tagit en titt på Alex på skärmen och lustat efter honom.

Nu var han här, hans händer på min hud, hans hetta sjönk in mot min kropp, och hans blick fixerades på mina läppar. "Hur många Velerianer är i träningssystemet?"

"Tiotusentals."

"Och jag valde dig."

Hans leende fick mitt hjärta att värka. "Och jag valde dig också. Jag har kollat på dig, Jamie Miller. Hoppats. Väntat."

Jag hade ingen aning om varför det lät sexuellt i stället för stalker-aktigt. Jag gillade det.

Han hade kollat på mig. Hela den här tiden som jag hade lustat efter honom, hade han—kanske? —lustat efter mig också?

"Så emblemet du gav mig i spelet och visade mig i min lägenhet?"

"Åh, ja." Han sträckte sig in i sin byxficka och drog ut det. "Kan jag?" frågade han, tittade på mig och väntade på mitt godkännande.

Jag sträckte mig bak i min nacke, kom ihåg sticket, och sedan ingenting. Jag tog ett litet steg bakåt. "Du kommer inte att sticka mig med det igen, eller?"

Min mungipa höjdes. "Nej. Det här är för din uniform. I din lägenhet behövde jag märka dig som en Starfighter i ett matchat par och också injicera chiffer-nanopartiklarna så att du skulle förstå vad som sas när du hade ankommit."

Nanopartiklar. Det var bortom mitt vetande, men det verkade fungera eftersom jag förstod honom. "Vänta lite nu. Jag hade inte det här när du kom. Hur förstod jag dig?"

"Jag lärde mig tillräckligt av ditt språk för att kommunicera mitt meddelande."

"Och sedan kysste du mig så att jag inte skulle se den stora nålen? Är det vad du säger?"

"Jag kysste dig för jag kunde inte motstå det ett ögonblick längre. Men det är inte exakt en nål. Injektionen av implantatet och naniterna som märker dig kan vara smärtsamma."

Jag frös till, blinkade. "Märker mig?"

Han vände sitt huvud så att jag kunde se vad som såg ut som en tatuering som var identisk till märket på sidan av hans hals. "Det mörka slingrande mönstret låter alla veta att vi är en del av ett bundet, Elite Starfighterpar. Nanopartiklarna som binds till våra nervceller låter oss få tillgång till och kontrollera vårt skepp. Vi två och ingen annan."

"Är jag märkt på det sättet?" Jag höjde mina fingrar till min nacke men kände ingenting.

Han nickade, hans blick föll till platsen. "Eftersom vi aldrig har haft en mänsklig Starfighter tidigare, var jag inte säker på hur din kropp skulle reagera. Jag ville kyssa dig för jag inte kunde motstå det en sekund längre, men jag ville inte heller göra dig obekväm. Din kropp hanterade båda väldigt väl. Ömheten av implanteringsprocessen borde också försvinna snabbt."

Det var en lättnad. Jag var inte glad över vad han hade sagt, men kyssen hade definitivt distraherat mig. Han hade varit omtänksam. Och det hade varit en jäkla kyss. Den hade bokstavligen gjort mig medvetslös.

Jag suckade för... *den där kyssen*.

Han tog ett steg närmare, lyfte sin tomma hand, och strök min kind. Det var en gest han inte verkade kunna motstå. Hans mörka blick rördes över mitt ansikte som om han lärde sig det igen. "Jag skulle aldrig göra dig illa, partner. Någonsin. Jag skyddar dig med mitt liv."

Den djupa tonen av hans röst indikerade att han menade varenda ord. Hans ord var precis som löftet han hade gett mig i spelet, men de här var inte efter ett manus.

"Vi är partners," sa jag. "Ett bundet par."

"Ja."

"Det är på riktigt."

"Om du tillåter mig att sätta det här emblemet på din uniform innan vi lämnar vårt hem, kommer det vara mitt nöje att presentera dig för hela basen."

Jag nickade. Han kom nära, satte fast emblemet i min uniformsskjorta över mitt vänstra bröst. Genom uniformen, rörde hans knogar min bröstvårta och den blev hård. När hans ögon lyftes för att möta mina, visste jag att han kände den fysiska reaktionen mot honom. Han strök över den hårda toppen igen, och jag svär att jag hörde ett morrande eller något annat possessivt ljud från honom.

Hans gröna ögon vidgades av hetta, och jag slickade mina läppar. Jag kom ihåg vår kyss, ville ha mer. "Titta inte på mig sådär," sa han, hans röst djup med en aning av en varning.

Jag rynkade på ögonbrynen, och viskade sedan. "Hur tittar jag på dig?"

"Så som jag tittar på dig," svarade han. "Som att jag vill kyssa dig. Ta dig tillbaka till sängen och klä av dig naken. Göra dig till min partner på alla sätt och vis."

"Jag vill... jag vill att du ska kyssa mig," andades jag.

Hans ögon vidgades, och han lutade sig ner. Rörde sina läppar mot mina. Knappt. Snabbt. Han lyfte sitt huvud, och våra ögon möttes. Höll sig där.

OMG. Jag visste att mina kinder var rosiga, mina bröstvårtor hårda. Han kunde se vad hans ord gjorde med min kropp. Han visste inte att min kropp var våt och

ivrig för honom. Om han skulle få av mig mina kläder så
som han ville, skulle han få reda på det snart nog.

Min mage kurrade.

Hans mungipa vändes uppåt, och han tog ett steg
bakåt. "Näring först."

"Sedan?"

"Sedan," svarade han, som om det förklarade allt.

Han tog min hand och ledde mig från vårt hem ut i en
lång korridor. Jag försökte att inte stirra på de bisarra
designerna som var inristade i väggarna. De var klart och
tydligt utomjordiska och precis som de jag hade sett i tv-
spelet. Jag kände igen den från spelets grafik, den här
månbasen. Allt var jämnt och slätt, utan synliga skruvar
eller spikar i väggarna vad jag kunde se. Korridoren som
ledde bort från vårt hem var kanske tvåhundra steg från
ett öppet utrymme som fick mig att stanna till.

Taket var så högt att bommarna som stöttade struk-
turen såg ut som trådar vävda i ett spindelnät långt uppe.
Strukturen var flera sammanflätade hexagonala kupoler,
varenda en av dem lyste i olika färger. Effekten var vacker
och det gemensamma utrymmet framför oss såg ut som
om det var överöst med ljust solsken. Utrymmet var så
stort att dussintals korridorer öppnades upp till det,
öppningen vi stod i var en av de minsta. Det fanns andra
stora nog att köra flera lastbilar genom, sida vid sida. Och
en vägg var gjord av fönster av plexiglas eller skärmar. Jag
var inte säker på om jag såg en riktig utsikt eller en simu-
lerad en. I vilket fall, var det vackert. Planeten under såg
ut precis som jorden, förutom att kontinenterna och
haven var på fel ställen. De blåa haven, vita molnen,
gröna och bruna landmassorna kunde ha varit på jorden.
Men jag hade sett dem innan. Många, många gånger.

Jag hade varit här förut. I spelet. Nu var jag här på riktigt. Med Alex.

Han pekade medan jag stirrade. "Det där är min hemplanet, Velerion. Den är tjugo gånger—"

"Storleken av jorden. Jo, jag vet." Jag kunde upprepa all information och kunskap som hade programmerats in i spelet. Jag visste allt om Velerion, kriget, den onda drottningen som försökte ta kontrollen över planeten och överlämna folket och tillgångarna till Dark Fleet. "Allt i spelet är sant. Varenda detalj," mumlade jag. Jag ifrågasatte det inte längre.

Han tittade på mig och sa bara. "Ja."

Jag strök min hand över mitt hår. "Varför behöver ni mig? Varför skapa spelet och skicka det till jorden av alla ställen? Det måste finnas bättre ställen att hitta soldater på. Jag menar, seriöst, titta på mig! Jag är ingen soldat. Jag är överviktig. Jag har aldrig hållit en pistol. Jag levererar paket som jobb, och jag har aldrig varit i ett annat land, och definitivt inte på den andra sidan av galaxen."

Jag vevade mina händer mot planeten under oss medan jag pratade, och Alex greppade tag i dem i luften och höll dem mellan sina. Beröringen, och hur han strök sina tummar fram och tillbaka, var tröstande. Igen, lugnade han mig.

"Du, Jamie Miller, är en Elite Starfighter. Du är en av de mest skickliga och effektiva krigarna i galaxen. Vi skickade spelet till jorden för människor är kända för att vara påhittiga, intelligenta, och kreativa, alla drag man behöver som en Starfighter."

"Är jag den enda ni har?" Jag tittade upp i gröna ögon som var för seriösa och för sexiga. "Det kan inte stämma."

"Du är den första. Ingen i de andra världarna har

kommit nära att klara träningsakademin. Jorden har många krigare som är nära att klara den."

"Du menar att de snart kommer att klara spelet," sa jag, klargjorde det.

Han ryckte på axlarna lätt. "Kalla det vad du vill. För dig var det ett spel. För Velerion, ett verktyg för att identifiera och rekrytera de bästa Starfighters vi kan hitta. Efter att de andras träning är komplett, kommer de också att föras hit. Du kommer inte att vara ensam länge, min Jamie."

"Jag är inte ensam, Alex."

Han lutade sig nära och tryckte sina läppar mot mina i ännu en kysk kyss som chockade mig och gjorde att jag ville ha mer. "Nej, det är du inte." Hans blick var fäst på mina läppar. "Och det kommer du aldrig att vara, partner. Jag är din och du är min."

Jag tänkte tillbaka på ceremonin jag hade sett. "Kommer du att stanna med mig, Starfighter? Kommer du att vara vid min sida och strida med mig till vår sista dag?"

"Du kommer ihåg vad jag frågade dig."

Jag nickade.

"Jag kommer ihåg att du accepterade och att General Aryk band oss formellt. Det är sant. Det är på riktigt. Bandet. Vår matchning."

Våra blickar fastnade, och jag kände ett nästan oemotståndligt begär att slita av hans uniform från hans kropp och hoppa på honom. Innan jag kunde agera av impulsen, var vi omringade.

"Alexius!"

"Är detta hon?"

"En ny Starfighter! Tack gode Vega!"

"Ett till bundet par kommer inte att vara tillräckligt."

"Det kommer att hjälpa." Det sista kom från en lång man i Starfighteruniform.

Rösterna omringade mig och jag bearbetade Velerianskan lätt, men den här gången insåg jag att rörelserna av deras läppar inte matchade ljuden min hjärna hörde. Det skulle ta lite tid att vänja sig vid.

Alex höjde en hand för att få tystnad medan han satte sin andra runt min midja. När de hade tystnat, pratade han till gruppen, som såg ut som vanliga människor. De bar olika uniformer, men tack vare spelet, visste jag exakt vad var och en av deras jobb var på månbasen. Alexius och jag bar den svarta för Elite Starfighters. Där fanns en mekaniker som jobbade med Starfighter skepp, två befäl i den Velerianska militären som hade ansvar för basens verksamhet och utrustning, och två män som också bar Elite Starfighter uniformer med det slingrande märket på sina bröst.

Var de partners?

Ja. Det var vettigt, för i spelet kunde spelare välja vad för typ av wingman man ville. Så, om jag var attraherad av kvinnor, kunde jag ha skapat en kvinnlig andrepilot. Jag hade bara inte gett det så mycket tanke efter att jag hade skapat Alex.

Fast, jag hade inte skapat honom, hade jag? Jag hade *valt* honom från alla karaktärister. Min gymnasielärare i statistik hade älskat att fundera ut hur stor chansen var av vår matchning.

Alex. Den här utomjordingsmannen som nu var min. Han hade varit på riktigt hela den här tiden.

Han hade sagt att han hade tittat på mig sedan jag valt honom. Han hade valt mig också. Hade han gått igenom samma ceremoni? Hade han valt X-knappen på sin kontroll också? Det måste han ha gjort, för vi hade blivit bundna. Han hade kommit till jorden för att ta med mig hit. För att strida tillsammans. För att *leva* tillsammans.

Han ledde mig till en sektion där andra åt vid långa bord. Vi satte oss jämte varandra, och någon placerade en bricka med mat framför mig, och sedan Alexius. Det luktade gott fast jag inte visste vad något av det var.

Jag började kasta i mig, ivrig att fylla min mage. Utöver att göra mig medvetslös, hade resan från jorden gjort mig utsvulten. Bara när jag saktade ner ställde sig Alex upp.

"Det här är Jamie Miller från jorden, min partner och vår nyaste Elite Starfighter." Alex röst hördes tydligt. Många i det stora utrymmet stoppade vad de gjorde och kom mot oss. Alex hjälpte mig upp på mina fötter. Mitt introverta inre alarm tjöt som en mistlur i mitt huvud och mina hjärtslag ökade till en obekväm nivå, men jag satte ett leende på mitt ansikte och stod där medan de kom förbi till oss en efter en, presenterade sig för mig och tog min hand. Deras version av en handskakning var att glida deras handflata längs min och böja sina fingrar. De förväntade sig klart och tydligt att jag skulle göra likadan, så jag spenderade de nästkommande minuterna med att ta varenda Velerion som kom förbi i hand.

När de två manliga Elite Starfighters slutligen kom fram, hade alla andra gått därifrån. Tack gode Gud. Jag var helt slut av all interaktion.

"Välkommen till kriget, Jamie. Vi är glada att ha dig här." Den längre av de två talade. Han hade gyllene hår, och hud i en mockaton. Hans ögon var mörkbruna, och hans bröst var nästan lika stort som Alex. Han var jättesnygg och lång och verkligen kär i sin andrepilot, om blicken i hans ögon var en antydan.

Jag ville att Alex skulle titta på mig på det sättet. När vi var i sängen. Nakna.

"Jag heter Gustar och det här är Ryzix."

Jag tog i hand med den lika snygga andra Elite Starfightern. Till skillnad från blondie, var hans hårfärg som svart kaffe, hans hudfärg som smält mjölkchoklad, men hans ögon var kritblå. Han såg mänsklig ut, till stor del. Men ingen människa jag kände hade ögon i sådan färg. Eller som var så... perfekta. Alex var byggd som en G.I Joe-docka, hans breda axlar lite för breda. Hans höfter var smala. Hans lår... grova. Och sedan fanns det ju det där andra stället jag kom ihåg han var grov på.

"Vi flyger *Lanix*."

Jag blinkade, drog mina tankar från snusket.

"*Lanix?* Jag känner er genom spelet... träningsprogrammet." Jag ändrade ordet för nepp, inte ett spel.

Ryzix log mot mig, ett stort, välkomnande leende. "Ja. Vi har beundrat din skicklighet, och nu är du här. Har Alexius tagit dig till *Valor* ännu? Det har varit där, väntat på dig i veckor."

"Har det?" Mina ögon öppnades stort av erkännandet. Jag tittade på Alex, som ryckte på axlarna.

"Så snart en Starfighter närmar sig slutet av träningen, skapas ett skepp och döps enligt pilotens preferenser," berättade Gustar för mig.

Alex lutade sig nära nog att jag trodde att han kanske skulle kyssa mig igen. Hans blick var till och med på mina läppar. "Redo att se ditt skepp?"

Mitt. Skepp. Mitt. *Valor.*

Jag hade ett äkta skepp. Ett skepp jag visste hur man flög? Skulle kontrollerna verkligen vara bekanta? Skulle jag veta hur man styrde alla skeppets system? Hur realistiskt var faktiskt spelet?

Jag nickade, och gav sedan en liten vinkning, drog i Alex så att han skulle skynda sig. "Hejdå killar!"

De båda skrattade när Alex eskorterade mig genom en av de där stora öppningarna, de som var stora nog för lastbilar, och jag flämtade när jag såg vad som fanns på andra sidan.

Herrejävlar.

Skepp. Några rymdfärjor i olika storlekar. Och starfighters. Rad efter rad av dem. Blanka. Perfekta. De flesta av dem så fina att de såg ut som om de aldrig hade varit utanför hangaren. "Är de alla nya?"

Alex klämde till min hand och ledde mig mot slutet av den närmsta raden. "Ja. De flesta av dem. När Dark Fleet förstörde Starfighterbasen, förlorade vi de bundna Starfighterparen och deras skepp. Vi bygger upp på nytt från inget."

"Hur... hur många överlevde?"

Hans käke spändes; och sedan suckade han. "Om man räknar med Gustar och Ryzix, var det tolv pilotteam som överlevde. De har delats upp, två team per bas."

Mina ögon vidöppnades av antalet. "Det är inte tillräckligt."

Han nickade. "Vi vet. Än så länge har vi lyckats undvika Dark Fleets attacker, men bara för att de inte har kommit efter oss så hårt. De vet inte hur många Starfighters vi har kvar, eller att vi skapade Starfighter Träningsakademi för att rekrytera från andra planeter. De vet inget om dig eller de andra som snart kommer att komma. Det är det enda som har räddat oss. Som *kommer att* rädda oss."

Shit. "Så vi är Team Tre?"

"På Arturri, ja."

"Och det finns bara tretton Starfighter pilotteam, inkluderat oss, för att skydda hela planeten?" Jag mådde illa igen. Hela planeten Velerion och det fanns endast tjugosex av oss—och det inkluderade mig—för att skydda dem alla?

"Ett bundet par är värt mer än hundra Dark Fleet skepp."

"Sälj den där propagandan någon annan stans, Alex. Jag spelade spelet. Deras skepp är snabba. Deras piloter är lömska. Det tog mig månader att vinna, och jag är den enda som har gjort det än så länge. De är *så* bra. Det här är en katastrof."

Hans gröna ögon smalnade. Hans axlar rullades uppåt och bakåt. "Det här är ett krig, Jamie. Och du är ett vapen. Och det är jag också. Och vårt skepp." Han drog med mig och vi stannade framför en syn jag kände igen. Mitt skepp. Min starfighter. Samma skepp jag hade sett en digital version av, och Alex klättra in i bokstavligen hundratals gånger på min skärm hemma. "Elite Starfighter Jamie Miller, jag ger dig ditt skepp, *Valor*."

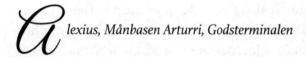

lexius, Månbasen Arturri, Godsterminalen

JAG STOD OCH TITTADE PÅ JAMIE. Tog in hennes vidöppna ögon. Jag var en del av generationen som hade blivit uppfostrade att strida mot drottning Raya. Skolan hade varit mer än bara läsning och matematik. Planethistoria och andra akademiska ämnen. Militärstrategi hade lagts till. Kommunikation. Flyglektioner. Markskickligheter. Teknik. När jag tog examen från Velerions skola, hade jag högre rank i Försvarsmakten än mina föräldrars generation hade.

Vi var ungdomarna som skulle rädda planeten.

Jag hade varit duktig på att flyga... helvete, jag hade älskat varenda sekund av de studierna. Fast jag hade också varit duktig på undercoveruppdrag och hade blivit uttagen till Velerions underrättelsetjänst några månader efter min tjugoårsdag. Jag hade haft den rollen tills Jamie matchades med mig. Det jag hade gjort på Syrax var viktigt. All den här tiden hade inte varit förgäves. Vi hade nästan upptäckt förrädaren. Trax och Nave var fortfarande där.

Jamies skickligheter som en Elite Starfighter bevisades inte genom Velerions skolsystem, men genom det komplexa programmet hon kallade ett *spel*.

Sättet hon stirrade på sitt skepp—*vårt* skepp—med sådan beundran fick mig att inse att hon verkligen inte hade trott att något av det här var på riktigt. Förrän nu.

Kanske hade hon inte ens trott att *jag* var på riktigt. Men att se *Valor*?

Det var tjugo meter av Veleriansk grafitblandning, metall och teknik som kunde flyga genom tre rutsystem på under en minut. Avancerade störningsapparater blockerade allt från kommunikationskanaler till missilsystem. Vapnen var de mest avancerade i galaxen med två roterande laserkanoner fastsatta under var vinge och missilsystem riktade både framåt och bakåt på skeppet. Stridshastighet var hälften av ljudets hastighet och under korta sträckor precis under ljudets hastighet. Starfighterskeppet var snabbt, dödligt, och den enda teknologin som Velerion hade som kunde hålla borta drottning Rayas Dark Fleet. Vi hade bara inte tillräckligt av dem. Eller tillräckligt med piloter för att flyga dem.

Det här skeppet, *Valor*, hade väntat på henne. Väntat på att hon skulle bli färdig med sin träning och bli den Elite Starfighter hon var ämnad att vara.

Hon var mer än en pilot, mer än en spelbricka i kriget mellan två planeter. Hon var min. Jag ville mer än att kyssa henne, hålla henne i mina armar. Jag ville se henne komma till liv under mig i stället för jämte mig i *Valor*.

Jag rörde min nacke där mitt märke matchade hennes. Där det svarta emblemet i min hud indikerade att inte bara var vi Elite Starfighters, men medlemmar av ett parband. Hur kunde min andra hälft varit på andra sidan galaxen hela den här tiden? Hon hade levt sitt liv, ovetandes om att Velerion ens existerade.

Jag kände henne genom träningsprogrammet, genom simulationerna, men att ha henne framför mig, strykandes sin hand över sitt skepp, gåendes upp för de infällbara trappstegen för att kika in i cockpiten, såg jag mer än en Elite Starfighter. Jag såg Jamie Miller.

Hennes kurviga kropp. Den mjuka huden. Det långa, mörka håret jag hade trasslat in mina fingrar i när hon hade sovit efter sin resa från jorden till månbasen. Jag hade hållit henne när hon vilade, njöt av vikten av henne i mina armar. Hettan av hennes hud, hennes doft. Att titta på henne nu gjorde min kuk hård, den växte av ivrigheten att lära mig henne på alla sätt och vis.

Så som jag hade på jorden, behövde jag hennes godkännande, behövde fråga efter ännu en kyss. Efter mer. Hennes kropp hummade efter min. Jag kunde se det i hennes ögon, i rodnaden av hennes kinder. Hon hade accepterat vår matchning och gått med på att komma hit. Efter att hon skulle komma över förundran av en ny planet, skulle hon upptäcka djupet av vårt partnerskap, att vi inte bara var ett Elite Starfighter par, men för alltid matchade. Ett.

Så jag tittade på henne, nyfikenheten i hennes ansikte. Ivrigheten. Glädjen när hon tittade på skeppet.

Hon vände sig på det översta trappsteget, tittade ner på mig. Glädjeblicken var nu riktad mot mig.

Hennes mörka blick rördes över mitt ansikte, mina axlar, tog in mitt bröst, varenda centimeter av mig, sedan jobbade den sig tillbaka upp mot min. Hennes ögon hade beundran. Häpnad. Vilket betydde, fan... hon var lika fascinerad av mig som jag var av henne.

Som den första Starfightern från jorden, var jag den första Velerianen som hade en partner från den planeten. Vi var unika, och de typiska parningsritualerna gällde inte. Allt jag visste var att jag ville ha henne. Hade velat ha henne sedan jag först hade sett hennes träningsavatar alla de där månaderna sedan.

Om jag hade velat skrämma bort henne, var inte det bästa sättet att göra det genom att berätta för henne att hon var på en planet långt borta, men att jag hade drömt om henne, värkt för henne... till och med smekt mig själv medan jag tänkte på att hon var min. Hon hade räddat mig på sätt hon aldrig skulle förstå. Jag hade hållit ut under uppdraget på Syrax för att jag hade haft hoppet att hon skulle lyckas. Att hon skulle ta examen.

Att hon skulle bli min.

Nu var hon det. Min. Var framför mig. Tittade på mig på ett sätt som min kropp älskade. Som jag begärde. Behövde.

Hennes rosa tunga flög ut och slickade hennes underläpp. Och sedan hoppade hon, ett glatt ljud kom från hennes läppar.

Jag fångade henne instinktivt, en hand runt hennes rygg, den andra kupade hennes röv. Hon låste sina ben runt min midja.

Hennes blick mötte min, och sedan kysste hon mig.

Herrejävlar, det här hände. Allt jag någonsin hade velat ha men aldrig trott fanns var i mina armar. Hennes kropp var så liten jämfört med min. Mjuk där jag var hård. Kurvig där jag var kantig. Söt. Läcker. Perfekt.

Hur kunde jag vara så possessiv och beskyddande av en kvinna jag knappt kände? Ja, jag hade sagt till henne att vi känt varandra i månader genom träningsprogrammet, men det *var* annorlunda att faktiskt vara med henne. Hon var på riktigt, och jag hade mina händer på hennes röv, min tunga i hennes mun.

Hon var som eld i min famn. Glupsk. Vild. Med en hand som fortfarande kupade hennes röv, strök min andra in i hennes hår och drog. Höll henne på plats medan jag tog över. Ett litet stön kom ur henne, och jag uppskattade det. Ja. Fan, ja. *Detta.*

Hon var mer än vad jag hade tänkt mig. Mer än vad jag fantiserat om.

Jag rörde på mig och tryckte henne mot sidan av vårt skepp, rullade mina höfter så att min kuk gned mellan hennes lår. Bara våra kläder separerade oss nu istället för ljusår i rymden.

Hon stönade igen.

Jag grymtade till.

En vissla hördes över mitt behov, och jag avbröt kyssen. Jag vände mitt huvud åt sidan, tog in den flinande Gustar, och kom ihåg att vi inte var ensamma. Jag morrade åt Starfightern.

Jamie kanske var min, men jag tänkte inte ta henne för första gången—eller någon gång—när andra kunde se henne såhär, så vilse i mig att hon glömt var hon var.

Hon var inte den enda.

Jag släppte mitt grepp om hennes röv, sänkte ner

henne, och hon satte sina fötter på marken, lutade sitt huvud mot mitt bröst. Ett litet, väldigt feminint skratt kom ut ur hennes svullna läppar.

Jag pussade toppen av hennes huvud. En oskyldig gest, men jag ville inte sluta där. Kunde inte. Jag sänkte mitt huvud lite lägre, viskade i hennes öra. "Jag hade ingen aning att en starfighter skulle göra dig kåt."

Hon skakade på huvudet, och lyfte sedan sin haka så att hennes ögon mötte mina.

De var fyllda av behov. Av mig.

"Alex," viskade hon, och hennes blick föll till min mun.

Japp, hon var där med mig.

Att bara höra mitt namn på det sexiga sättet gjorde att jag var på väg att komma. Precis där, i godsterminalen, omringad av tekniker, mekaniker, och rymdfärjepiloter som jobbade med sitt.

"Jamie." Jag tog ett väldigt djupt andetag och hoppades att den lägre temperaturen i godsterminalen skulle kyla ner mig. Nej. "Jag vill ha mer. Den där kyssen. Fan. Jag vill ha dig. Precis som jag ville på jorden."

"Fast jag vill hålla mig vid medvetande den här gången," sa hon, lät lite klagande.

Jag kunde inte klandra henne. Det sista jag hade velat göra var att göra henne medvetslös, injicera chifferimplantatets nanopartiklar, och ta med henne till Velerion. Jag hade velat bära henne till sängen och göra henne min där och då. Det enda som hade gett mig tillfredsställelse—och omedelbar possessivitet—var att se det matchande, kringliga Starfightermärket i hennes nacke.

"Vill du ha mer?" Jag hade tänkt fråga om vi skulle

åka ut med starfightern för en testresa, men nu tänkte jag något helt annat. "Det enda sättet du kommer bli medvetslös den här gången är från för mycket njutning."

Hennes blick hettade till ännu mer, som om det var precis vad hon ville.

"Ja," andades hon, och jag väntade inte, bara tog hennes hand och drog henne förbi den långa raden av skepp till ett av kontrollrummen. Ljuset tändes automatiskt, och jag sparkade igen dörren bakom oss. Ljuden av personalen och reparationspersonalen hördes inte genom dörren. Jag slog min hand mot väggen, och satte igång låsmekanismen.

Nu var vi ensamma. Jag sneglade runt i det lilla utrymmet. Det fanns inget i rummet, inga möbler. Alla fyra väggar var täckta av antingen blinkande ljus eller olikfärgade sladdar. En befälhavarspecialist skulle veta vad var och en av dem gjorde i detalj. Det fanns ingen mjuk säng, men jag behövde ingen. Allt jag ville var att vara ensam med henne... omedelbart. Det här var det närmsta stället för lite privathet jag kunde hitta.

Jag hade tänkt på att ta henne under alla månaderna av träning när jag var på Syrax. Jag hade fantiserat om hur vår första gång skulle vara. De inkluderade inte det här utrymmet. Jag hade ingen avsikt att göra henne min på riktigt utan en säng. Utan chansen att knulla henne flera gånger innan vi både slocknade av utmattning.

Vi var inte i vår säng, men våra kroppar bad om det nu. Min kuk var hård och pulserade smärtsamt. Min pung värkte efter att tömmas djupt i henne. Men fastän vi hade stridit sida vid sida i simulationer i månader och var bundna, var vi praktiskt taget främlingar.

Jag ville att hon skulle acceptera att vara en Starfighter. Vara på Velerion. Att strida mot Dark Fleet. Hennes nya liv. Hon behövde binda sig till allt det innan hon gav mig sin kropp.

Jag hade inga tvivel. Hon var min och jag ville inte ha någon annan.

Jag skulle inte göra henne min på riktigt förrän hon inte längre hade några tvivel. När jag fyller henne, får henne att klösa min rygg, skrika mitt namn, be om mer, ska det vara för alltid.

För tillfället skulle jag ge henne njutning. Jag ville det. *Behövde* se henne vrida på sig och böna och plågas till jag får henne att komma. Jag gick långsamt mot henne. Hon tog ett steg bakåt, sedan ett till och gick in i väggen. Hennes kropp rycktes fram som om hon blev chockad. "Åh Gud, jag kommer inte störa radarn eller krascha ett plan om jag rör någonting, kommer jag?"

Jag satte min hand på väggen jämte hennes huvud, lutade mig fram. Eliminerade utrymmet mellan oss innan jag flyttade henne så att hennes rygg var mot den låsta dörren.

"Inte om vi inte rör någonting."

"Alex!" Protesterade hon halvhjärtat medan jag sänkte mina läppar till sidan av hennes hals.

"Håll dig stilla. Jag har ingen aning om vad något av det här är till för. Jag är inte en befälhavarspecialist för uppdragen."

"Så vi kan ta sönder något?"

"Inte om du står kvar precis där jag har satt dig och är väldigt, väldigt duktig."

Hon slickade sig om läpparna igen, och nickade sedan. Vinklade upp sin haka, erbjöd mig sin mun.

Jag tog den. Gladeligen.

Nu när vi var ensamma, lät jag mina händer utforska henne. Lära mig hennes kurvor. Ner för hennes rygg, gled ner mina händer i hennes byxor och kupade hennes röv. Tillbaka upp till hennes midja, högre för att fylla mina handflator med hennes bröst.

Hon var mottaglig. Söt. Vild. För det var inte bara jag som ville ha det här.

Jag hade ingen aning om hur länge vi kysstes och smektes, men det spelade ingen roll. Tid spelade ingen roll när jag var med henne. Rörde henne. Fan, Jamie Miller var min, och sättet hon kom till liv i mina armar var beviset.

Jag bröt kyssen men slutade inte, nafsade längs hennes käke till stället bakom örat. Jag drog upp hennes uniformtröja, så att hennes mage var bar, och tryckte sedan upp den högre så att den var uppstoppad under hennes armar.

Jag drog mig tillbaka, tittade ner på hennes bröst som var täckta av en enkel svart bh. Hårda bröstvårtor tryckte mot tyget. Min blick återvände till hennes, till hennes svullna och våta läppar.

Hon sa ingenting, verkade bara se på och vänta på att se vad jag skulle göra härnäst.

Med ett krökt finger, drog jag ner det stretchiga materialet och båda hennes bröst blev bara. De fylliga kullarna hade rosa toppar. Jag kunde inte motstå, mitt enda val var att luta mig fram och ta henne i min mun. Jag sög, slickade, nafsade.

Hennes fingrar ströks in i mitt hår, höll mig på plats.

När hennes armar flyttades, drog jag mig tillbaka. Förvirrad. Men hon stoppade inte mig. Hon korsade faktiskt sina armar och drog sin tröja över sitt huvud och släppte den på golvet. Ja, för fan.

Jag drog axelbanden ner över hennes axlar, jobbade ner hennes bh längre ner så att den vilade runt hennes midja, hennes bröst var nu helt fria.

"Så jävla fin."

"Sluta prata," flämtade hon och flyttade mitt huvud dit hon ville ha det.

Jag kunde inte låta bli att le mot hennes silkiga hud, och jobbade sedan på hennes bröstvårtor, den ena sedan den andra, tills hon skruvade på sig och sa mitt namn med en sexig, andfådd röst.

Det var inte tillräckligt för mig. Jag lyfte inte mitt huvud, vinklade bara upp min haka så jag kunde titta upp på henne. "Mer?"

Hon rynkade på ögonbrynen, men när jag slickade hennes bröstvårta medan jag gled ner min hand i hennes byxor, lutade hon sitt huvud bakåt mot väggen. "Ja."

Hon särade sina ben mer för att ge mig bättre tillgång.

Jag strök mina fingrar över mjuka lockar, och sedan över hennes öppning för att känna hennes våta läppar. Hennes höfter rullade när jag cirkulerade runt hennes klitta, och sedan stoppade jag in ett finger djupt. Fan, hon var het, våt och trång. Hennes inre väggar spändes, och jag kan bara tänka mig hur hon praktiskt taget kommer strypa min kuk när jag äntligen skulle ha henne under mig.

Jag borde inte ha förväntat mig att hon skulle vara passiv, även när jag fingerknullade henne. Hon gav i samma utsträckning, gled ner hennes lilla hand över framsidan av min uniform och hittade min hårda längd, värkande och ivrig för henne. Där fanns inte mycket plats, men hon greppade tag i mig och strök från roten till toppen.

Jag grymtade mot hennes bröst, slog min fria hand mot väggen vid hennes huvud. Jag lyfte på hakan och tittade på henne.

Ett illmarigt flin var på hennes ansikte, vilket betydde att jag inte gjorde ett tillräckligt bra jobb för att tillfredsställa henne. Jag drog mig ut, och tryckte sedan in ett till finger, tittade på henne noggrant, fastän det var jävligt svårt när hon smekte mig.

Vi andades tungt. Svett gled ner mitt ögonbryn. Det här var inte hur jag hade planerat att få henne att komma för första gången, men det här var hett. Frenetiskt.

"Alex," andades hon.

Jag älskade smeknamnet, älskade hur det lät när jag drev henne mot gränsen. Hon blev våtare direkt när jag hittade den där punkten i henne, den som fick henne att greppa min kuk som om den var joysticken i *Valor*.

Det kom långsamt ut lite sperma. Min pung spändes. Jag skulle inte hålla länge. Det här ögonblicket var något jag hade längtat efter, för länge. *Hon* var vad jag hade drömt om. Haft begär för.

Jag behövde henne. Hennes beröring, hennes hårdhänta hanterande.

Det här var inte försiktigt eller sött.

Nej. Det var nästan desperat. Och när hon kom runt mina fingrar, när hennes varma, våta inre pulserade, kunde jag inte hålla tillbaka, bara stöta in i hennes grepp och komma över hela hennes handflata.

Jag morrade hennes namn, lutade mig fram, och nafsade på hennes hals medan hon red min hand, hittade sitt eget slut.

Vi var svettiga. Klibbiga. Orgasmer var över bådas händer. Det var perfekt.

När jag slutligen lyfte mitt huvud, mötte hennes mättade blick, accepterade jag mitt öde helt och komplett. Hon var min. Jag skulle inte släppa henne.

Någonsin.

7

*J*amie

ATT SITTA I COCKPITEN AV *VALOR* KÄNDES SOM EN DRÖM, eller hallucination, eller bara så bisarrt att det kändes som jag hade en utanför kroppen-upplevelse. Kanske var det att vara med Alex, på grund av vad vi hade gjort i kontrollrummet... Gud, det hade varit fantastiskt. Galet.

Vi hade varit som tonåringar med grov petting och orgasmer. Inte-sexet hade varit hetare än något riktigt sex jag någonsin haft.

Det hade tagit en stund, men vi hade tagit oss samman. Fixat till våra uniformer, hittat en tvättstation att tvätta av bevisen från våra händer. Jag kände mig som en rebellisk tonåring som smög runt, och det var kul. Jag älskade att vi inte kunde hålla våra händer borta från varandra. Jag hade aldrig känt så här för någon jag hade dejtat. Jag tittade på Alex och jag *ville ha*.

Han hade lett mig tillbaka till skeppet, min hand i sin, och den här gången hade vi klättrat in.

Jag kanske nästan skulle komma igen när jag greppade kontrollerna. Det var på riktigt. Alex var på riktigt. Allt det här... Velerion. Det började långsamt sjunka in att det var på riktigt. Kanske var det ljudet Alex hade gjort när han hade kommit över hela min hand, de varma spruten var stenhård bekräftelse att han gillade mig lika mycket som jag gillade honom.

Stenhård. Hah! Precis som hans—

"Redo, Starfighter?" frågade han.

"Jag kan inte tro det här. Det är precis som i spelet." Nu satt jag i cockpiten av *Valor*. Sätet var likt min spelstol men bättre. Det passade mig... perfekt. Jag såg en hand, min hand, röra de holografiska displayerna som visade mig att skeppet var fulltankat, laddat med vapen, och redo att köras.

Alex satte sig till rätta i sitt säte jämte mig och spände fast sitt bälte. "Säkra ditt bälte, Jamie. Det här är *inte* ett spel."

Hans röst var djup och tillbaka i kontroll. Den enda gången han hade förlorat den var vid min beröring.

Spänning blandat med terror fick mina fingrar att darra när jag drog bältet över mina axlar och spände fast mig i pilotsätet. Det här var något jag inte hade gjort i spelet, men känslan av remmarna, den tajta säkerheten, var ett löfte att jag skulle känna varje stöt och varje sväng jag gjorde i den mottagliga starfightern.

"Jag kan inte tro det."

"Behöver jag ta dig tillbaka till kontrollrummet och övertyga dig lite mer?"

Mitt skratt ekade i det lilla utrymmet, och jag chockades av ljudet. Det lät inte som mig. Jag lät vild. Lycklig. Fri.

Kanske var det orgasmen. Kanske var det den heta mannen jämte mig. Kanske var det skeppet. Ett äkta, riktigt starfighter rymdskepp.

Kanske tänkte jag för mycket.

Jag drog ut kontrollstationen, och låste den på plats över mina lår, joysticken och kontrollknapparna var arrangerade precis som de som hade kommit med spel-förpackningen på jorden.

"Till och med kontrollerna är likadana."

"Hur skulle det vara någon nytta att träna våra Star-fighters på kontrollsystem som de inte skulle använda?"

Jag tänkte på det i ett ögonblick, stirrade på joysticken och kontrollknapparna. "Jag kan inte berätta för dig hur konstigt det här är."

Alex stora hand kom från ingenstans och lades över båda mina, som jag hade vridit på framför joysticken, rädd för att röra den jäkla saken. Det fick min hjärna att tänka på vad de där fingrarna hade gjort för bara en liten stund sedan. Han var skicklig på mer än att bara flyga.

"De här kontrollerna kommer att skjuta upp *Valor* i rymden. Det här skeppet är på riktigt. Vapnen är på riktigt. Om du inte är förberedd för att försöka göra din första flygning, kan vi göra det här en annan gång."

"Nej. Vi kör. Jag vill se vad hon kan göra."

Jag lutade mitt huvud tillbaka mot sätet, som såg ut som, och kändes som mörkgrå mocka.

Alex sträckte sig fram och tryckte på en knapp på

kontrollerna framför oss. Jag log när det genomskinliga cockpitsskalet sänktes på plats över våra huvud utan att göra ett ljud. När det utomjordiska granitmaterialet— som hela skeppet var gjort av och som tydligen var mycket, mycket starkare än någon metall vi hade på jorden—låste in oss, lugnades allt inom mig. Det var så konstigt och ändå helt bekant på samma gång.

Om bara en sak hade varit annorlunda, hade jag tvivlat. Men jag kände till det här skeppet, varenda kontroll och display. Till och med godsterminalen där skeppen fanns hade varit identisk till videorna jag hade sett i spelet. Symbolerna. Uniformerna. Skeppen och väggarna och folket. Förutom kontrollrummet. Jag hade inte vetat att det var där. Om jag hade det...

Allt kändes plötsligt mer äkta för mig än någonting tidigare hade i mitt liv. Jag hade spenderat hundratals timmar att spela spelet med Alex vid min sida. Jag lyfte våra förenade händer till mina läppar och pussade hans fingrar. "Jag vill flyga, Alex."

Han log som om jag precis hade gjort honom till den lyckligaste mannen på basen. Kanske hade jag det. Jag hade *definitivt* gjort det tidigare. "Okej då, Elite Starfighter, jag kontaktar kontrollrummet och frågar om tillåtelse att lyfta."

"Okej." Ett ord och han var helt professionell.

"Terminal 4 Kontrollrum, det här är Starfighter *Valor* som ber om tillåtelse att lyfta."

En främlings röst hördes tillbaka genom vårt kommunikationssystem. Jag hörde henne genom skeppets högtalare klart och tydligt som ett pling. "*Valor*, det här är Terminal 4. Ni har tillåtelse att lyfta."

"Tillåtelse? Flyger ingen annan?" Jag tittade på Alex

av förvåning. Vanligtvis, i spelet, var jag tvungen att undvika andra starfighters eller i alla fall ett skepp eller två när jag först åkte ut från månbasen.

"Dark Fleet attackerade under vår senaste krets. Det var när jag var på jorden för att hämta dig. Den nuvarande positionen av asteroidbältet ger oss lite skydd. Drottning Rayas fleet gillar inte att attackera när planeterna är placerade så här för de kommer fastna på andra sidan av asteroidbältet. Vi borde ha några dagar för att träna innan de kommer attackera igen."

"Vänta. De attackerade igår kväll? Och du lät mig bara sova? Tog in oss i det rummet och—"

Han lyfte en hand. "Attacken kom när vi fortfarande var på jorden. Deras attacker och trakasserier är vanliga händelser, tyvärr." Han rynkade på ögonbrynen. "De gillar att påminna oss om vem det är som vinner det här kriget"

Jag rynkade på ögonbrynen också. Hur vågar Dark Fleet tro att de höll på att vinna! Jag var investerad; jag brydde mig. Jag var här, redo att klå drottning Raya—och ursinnig, för det lät som om jag missade min chans.

"Jag vill inte öva. Jag vill hellre klå Dark Fleet."

Han gav mig ett långsamt leende. "Jag vet att du vill det och det bevisar att du har stridsandan av en Elite Starfighter. Men du har fortfarande inte flugit den riktiga *Valor*."

Det var vettigt. Velerion var i krig, kämpade för sin överlevnad. Om allt jag hade sett och lärt mig i spelet var sant—och det verkade mer och mer som om det var fallet —om Velerion inte står på sig, kunde planeten förstöras. *Vi* skulle bli dödade.

Och enligt det Alex hade berättat för mig, skulle drottning Raya inte sluta där. Jorden skulle vara härnäst.

"Okej. Nu tar vi henne på en åktur."

"Okej," sa han tillbaka.

Jag satte mig till rätta i mitt säte och placerade mina händer på kontrollerna, mina fingertoppar flög genom kontrollen innan lyftet som om jag hade gjort det här tusentals gånger, för det hade jag. När jag var säker på att allt var redo, sneglade jag på Alex, som nickade.

En rysning av spänning sköt genom mig när jag pratade i mitt kommunikationsheadset för första gången. "Terminal 4, det här är *Valor*. Redo att lyfta."

"Redo att lyfta, *Valor*. Bekräftat."

Alex tittade på mig med en blick som fick mig att vilja krama honom, kyssa honom, och hoppa upp och ner som en ivrig femåring på samma gång. "Redo?"

Det här var ögonblicket. Det här var *verkligen* ögonblicket. Ett ögonblick jag hade tänkt på länge.

"Redo." Han vände sig mot sina egna kontroller, och hans röst blev seriös medan han kontrollerade sina system och rapporterade till mig precis som i spelet. "Vapen, redo. Sikte, redo. Skydd, redo. Livsstöd, navigering, och alla sekundära system optimala."

"Hur är det för dig?" var jag tvungen att fråga. Säkerligen måste det här vara overkligt för honom också?

Han måste ha hört något konstigt i min röst för han lyfte sitt huvud och vände sig för att titta på mig. "Jag har väntat på dig i månader, Jamie. Dit du går, går jag. När du kommer, kommer jag."

Jag rodnade varmt, och justerade mig i sätet av hettan och intensiteten i hans blick. Han menade vartenda ord, min possessiva partner.

Skeppet guppade under oss när transportbandet, som robotiska bogserbåtar på hjul, stöttade *Valor* och rörde oss i position på en av uppskjutningsstrålarna som var mot en lång, rak tunnel som skulle vara vår väg ut. De individuella uppskjutningstunnlarna var lättare att kamouflera från utsidan och hindrade onödiga olyckor när flera skepp lyfte samtidigt. Jag kände mig lite som om jag flög ut ur en tub på *Battlestar Galactica* med de konstiga ljusen som rörde sig längs sidorna av skeppet medan vi knuffades framåt på plats.

"*Valor*, initiera uppskjutningssekvens."

"Initierar uppskjutningsfrekvens, bekräftat." Jag sträckte mig mot joysticken och kontrollen på den platta, blanka skärmen som var i axelhöjd rakt framför mig. För att strida och flyga, var kontrollerna praktiskt taget i mitt knä. Men för andra, mindre omedelbara uppgifter, fanns skeppets kompletta kontrollmeny på skärmen. Vid en nödsituation kunde jag klicka igenom dem genom att använda min huvudjoystick och kontroll, men jag behövde inte göra det.

Fast jag *kunde*. Ett helt uppdrag i spelet—jag sneglade på Alex—i *träningsprogrammet*—hade handlat om att bli expert på vartenda kommando och kontrollmekanism i skeppet, inkluderat de som Alex körde från andrepilotssätet. Och ännu värre, jag var tvungen att göra det med nödsituationshjälmen på plats. Hjälmen var en del av pilotuniformen men fälldes bara upp vid en nödsituation.

Det dumma uppdraget hade tagit mig två veckor av besatt, argt spelande. Jag hade slutat av ilska mer än en gång, uppdraget verkade omöjligt på den tiden. Men nu var jag tacksam för intensiteten och tiden jag hade spenderat på att lära mig hur man sköter varenda del av skeppet, även när något var skadat eller inte fungerade korrekt.

Jag kände till det här skeppet innan och utan. Till och med det väldigt lilla extrasätesutrymmet bakom oss var bekant. I ett uppdrag hade jag varit tvungen att plocka upp tre strandade affärsmän och trycka in dem i utrymmet, som inte var mycket större än ett flak på en pickup och hade ett bälte för lite. Hela skeppet var inte mycket större än ett privatplan där hemma, men motorn och vapen tog upp det mesta av utrymmet. Det fanns ingen ljuskrona-och-vinprovning inredning. Två mörka säten var sida vid sida och tillräckligt med plats för två vuxna passagerare, tre barn, eller lite utrustning där bak.

Det här var en fighter för korta avstånd, inte en rymdfärja eller transport.

"*Valor*, du är redo att lyfta om tre..."

Jag skruvade mig i mitt säte. Herrejävlar.

"Två..."

Jag studsade nu, för ivrig för att sitta stilla. En snabb blick på Alex visade att han tittade på mig och flinade som ett litet barn.

"Ett... Lyft."

Med en snärtande rörelse av min handled tryckte jag kontrollen framåt och skeppet åkte iväg som en kula som sköts ur ett gevär. Jag kände mig som en kula också, eftersom accelerationen kastade mig bakåt i mitt säte.

Det här hade inte varit i spelet.

Gud, vibrationen, ljudet, hummandet... mannen jämte mig...

Pilotuniformen jag bar hade på något sätt kopplats ihop med skeppets kontrollsystem, och uniformen försatts under tryck, kramade mig tajt från topp till tå ögonblicket vi började röra oss. Det var en bra sak, för annars hade allt blod i min kropp ruschat till mina fötter och ben, och jag hade svimmat.

Vi drog några seriösa g-krafter. Berg-och-dalbana-på-steroider g-krafter.

"Jaaaaaaaa!" Jag lät ett skrik komma ut, sedan ett *whoop* när *Valor* sköts genom uppskjutningstuben och ut i rymden.

Tystnad.

Mörker.

Miljarder stjärnor som sken över en djupt svart matta.

"Herrejävlar." Tyngden av ögonblicket fick mitt bröst att spännas till, tills jag fick problem med att andas. Det här var på riktigt. Rymden. Utomjordingar. Jag flög en starfighter sittandes jämte Alexius av Velerion med en äkta planet full av miljarder av folk som räknade med mig—mig! En dotter till ett fyllo, som inte hade någon pappa, som bara gått ut gymnasiet—att rädda dem. Allt jag hade gjort var att utmärka mig i ett tv-spel. Och ändå... *hade det inte varit ett spel.*

"Åh herregud."

"Din puls är höjd, Starfighter *Valor*. Behöver du hjälp?" Rösten av lyftningsoperatören från Terminal 4 avbröt min panik.

Jag tog ett djupt andetag, släppte det. "Nej. Tar bara ett ögonblick att anpassa mig."

Hon skrattade. Jag hörde henne, och jag visste att hon inte hade stängt av ljudet i sin kommunikationsapparat med vilje. "Förstått. Välkommen till Arturri. Njut av flygturen. Det är en vacker natt."

"Natt?" Jag vände mig mot Alex, och han pekade åt höger.

"Vi är på den mörka sidan av Velerion för tillfället. Vega kommer att bryta igenom horisonten om några minuter om du vill se din första soluppgång från rymden."

Ville jag det?

"Ja." Jag ville göra ett dussin olika saker, men att se en soluppgång i en ny värld med den sexigaste mannen som hade gett mig den bästa orgasmen i mitt liv vid min sida? Definitivt.

Den var omöjlig att missa nu när jag tittade, den massiva planeten precis under oss fyllde min navigationsskärm. Jag vände vårt skepp mot den nya världen och rörde mig mot hållet Alex hade pekat.

"Håll tillbaka. Vi vill inte vara för nära."

Jag gjorde som han sa och höll oss i positionen halvvägs mellan månbasen och planetens yta, justerade när planeten rörde sig runt sin stjärna. "Hur är det där nere?"

Alex stirrade på sin hemvärld när han svarade. "Fridfullt. Vackert." Han vände bort sitt huvud från mig, och pekade sedan. "Titta."

Jag flämtade när Vega, den Velerianska stjärnan, kom upp över horisonten. Härifrån rörde sig stjärnan snabbt, omsvepte oss med ett ljust sken på bara några ögonblick. Men ännu mer fantastisk var vyn av Velerion.

Vita, virvlande moln. Djupt turkosa hav, de mörkare blå delarna av vattnet närmre till vad jag antog var deras nord- och sydpol. Marken nedanför såg ut som jorden. Gröna delar. Bruna delar med ökensand. Formerna av kontinenterna var fel, men jag kände ändå igen dem. Jag hade sett dem förut, i spelet.

"Velerion är vackert."

"Ja. Vårt folk är fridfullt. Drottning Raya måste stoppas."

En total humörförstörare.

Flera minuter passerade när vi svävade på platsen och tog in det hela. Planeten. Deras stjärna, Vega. Miljarder och miljarder av stjärnor i ett ändlöst hav av svart. Jag var verkligen, verkligen, verkligen i yttre rymden nu. I ett litet skepp inte mycket större än min mammas gamla smutsiga minivan.

Gode Gud. Vad i helvete gjorde jag här ute?

"Är du redo att se vad *Valor* verkligen kan göra?" frågade han.

Mitt leende kom omedelbart, och jag hoppade till av distraktionen innan jag fick hemlängtan av ett ställe som aldrig riktigt hade känts som hemma. "Gillar bankirer pengar?"

"Va?"

"Inget, alla älskar pengar." Jag drog i kontrollerna för att flytta oss bort från planeten. "Ge mig några koordinater, Alex. 'I feel the need, the need for speed.'"

Han blinkade inte ens åt *Top Gun* filmreferensen. Han skulle förmodligen himla med ögonen och skratta om han någonsin såg den.

"*Valor* är en Elite Starfighter av modell noll-ett-noll-ett. Det nyaste skeppet vi har. Hennes högsta stridshastighet är halva ljusets hastighet." Han lät stolt över specifikationerna. "Korta distanser klarar den nära ljusets hastighet, men vi kan inte åka långt. Det är därför Starfighters behöver en bas i närheten."

"Och anledningen till att drottning Rayas Scythe fighters inte attackerar varje dag. De klarar bara korta distanser också?"

"Korrekt."

"Är vi snabbare än Mach 1?"

"Jag förstår inte termen."

"Snabbare än ljudet? Är vi snabbare än hastigheten av ljudet?"

Han blinkade mot mig som om han var förvirrad. "Mycket, mycket snabbare."

Jag ville pumpa med knytnäven av ivrighet, men jag var en vuxen kvinna, inte en åttaåring. "Koordinater, min snygga andrepilot?"

Han stirrade. Längre den här gången. "Mår du bra?"

Att brista ut i skratt överraskade mig. Min värld hade snurrats i kontrollrummet av den hetaste utomjordingen jag någonsin träffat. Jag hade haft en orgasm, tack så mycket. Det hade också han. Och utöver allt det, flög jag mitt drömskepp just nu. På riktigt. "Jag mår bra. Nu kör vi."

Med rynkade ögonbryn skickade Alex koordinaterna till min skärm, och jag åkte iväg, bokstavligen, som en raket.

Högsta. Hastigheten.

"Whooooo!" Mitt skrik av glädje var äkta, från hjärtat, medan att åka "mycket, mycket snabbare" än ljudets hastighet pressade in mig i sätet. Det här var frihet. Det här var en dröm. Det här var så jäkla perfekt att jag kände tårar bildas i mina ögon när jag styrde mitt skepp som om jag hade flugit henne tusentals gånger.

För jag hade det. Till och med ljudet som kom från motorn och det mjuka viskandet av min egen andning i min hjälm. Allt kändes bekvämt och bekant. Det var så

lätt. Jag körde skeppet, kollade systemen, såg över bräns-
let, och höll ett öga på min skanner, kollade efter fiende-
skepp utan att ens tänka på det.

Vi kom fram till det lilla klustret av rymdbråte Alex
hade indikerat om på bara några minuter, och jag drog
tillbaka på gasen och rörde oss till den synkade krets-
banan med den gigantiska stenen framför mig. Det var
mer som en liten planet, faktiskt. Kanske en dvärgplanet?

"Det där var fantastiskt." Varenda cell i min kropp
vibrerade av liv och spänning och möjligheter. Jag hade
inte varit så här glad över något sedan jag var ett barn.
Helvete, inte ens då, inte med min fulla mamma och
försvunna pappa. Jag visste att jag inte hade haft samma
möjligheter som andra barn hade haft. Men titta var jag
var nu. Herrejävlar, titta bara. Yttre jäkla rymden. I en
starfighter som jag hade döpt, som var byggd för
mig. Mig!

Och Alex var jämte mig. Och han var min. MIN!

"Och nu?" frågade jag. "Jag vill inte åka tillbaka än."

Alex log. Äntligen. Det ändrade honom. Han såg
hetare ut än någonsin och... lycklig. "Jag är inte förvånad.
Din skicklighet kan inte förnekas. Du är, minsann, en
Elite Starfighter."

Att se bråtet flyta framför oss, fick mitt finger att rycka
till på avtryckaren. "Kan vi spränga några saker? Du vet,
en av de små?"

Leendet försvann. "Absolut inte."

Jag ville tjura. "Varför inte?"

Han skrattade men svarade på min fråga. "Att spränga
någon av de här stabila klustren kan skicka fragmenten
till Velerion och orsaka en massiv kollision."

Mina ögon vidöppnades av tanken. "Det skulle inte vara bra."

Han skrattade högre. "Nej, partner, det skulle inte vara bra."

Jag släppte det. "Okej, så vi vill inte orsaka Armageddon. Hur ska jag kunna öva?"

Han höjde ett mörkt ögonbryn och studerade mig. "Behöver du öva?"

Fan också. Det var miljonfrågan. "Nej. Min precisionsrankning är över nittioåtta procent i spe—jag menar *träningen.*"

"Vi borde återvända till basen," svarade han. "Du drivs av ivrigheten. När du kraschar, vill du inte ha något mer än varm mat och en mjuk säng."

"Och dig." Orden kom ut ur min mun innan jag ens tänkte på att censurera dem. Jag bet mig i läppen och rodnade.

Skrattet försvann från hans ögon när vi tittade på varandra över kontrollkonsolen som separerade våra två pilotsäten. Hans ögon smalnade. Hettade. "Det kan ordnas, min Jamie."

Ett varningsljud lät, cockpitens färg på insidan ändrades till röd. Ljudet var bekant, men jag hade ingen aning om det röda ljuset. Eller faktumet att det gjorde att allt verkade akut och spänt.

"Fan," svor Alex för sig själv.

Mitt hjärta hoppade över ett slag för *det där* var extremt.

"Det här är Vaktpost Gamma 4. Vi är under attack. Jag upprepar, det här är Vaktpost Gamma 4, och vi är under attack."

8

Jamie

SAMMA KVINNLIGA RÖST SOM HADE GUIDAT MIG GENOM UPPSKJUTNINGSBANAN PÅ BASEN HÖRDES I MITT HEADSET NU. "Gamma 4, det här är Arturri. Vad är er status? Hur många skepp har ni på skannern?"

Jag sneglade på Alex medan vi lyssnade. Eftersom han automatiskt hade bytt till stridsläge, var det här allvarligt.

"Velerion, det här är Gamma 4. Statusuppdatering, skyddet håller men är nere på trettiotvå procent. De stör våra skanners. Vi har visuell bekräftelse av tre Scythe attackskepp. Jag upprepar, visuell endast. Bekräftar tre Scythe fighters."

"Gamma 4, det här är Velerion. Bekräftat, tre Scythe fighters."

En hög smäll hördes genom kommunikationskanalen, och jag ryckte till som om stenen och bråtet hade exploderat i min hjälm.

"Jag trodde du sa att vi var utanför attackområdet på grund av Velerions kretslopp!" praktiskt taget skrek jag åt Alex.

"Gamma 4, det här är Velerion. Vi fixar en starfighter. Beräknad ankomst femton minuter."

"Vi är utanför området," svarade Alex, vilket betydde att fienden gjorde något som inte hade väntats. "De borde inte attackera oss nu."

"Det här är Gamma 4. Vi kommer att vara döda innan dess. Skyddet på fem procent. Vi har barn här."

Barn? Hade de barn på vad nu det här Gamma 4 stället var?

"Vad är Gamma 4?" frågade jag.

Alex klickade fram en plan över strukturen på skärmen framför oss, och jag försökte förstå de flera lagerna av tredimensionella bilder. Jag var inte en arkitekt, men det såg ut som en gigantisk fabrik.

"Gamma 4 är en tillverkningsfabrik för rymdfärjemotorer och skyddsdelar för hela vår fleet. Det är en liten, dold bas där lite över hundra personer jobbar. Den har aldrig attackerats tidigare. Det är för långt borta från drottning Rayas fleet, och dess exakta läge är topphemligt."

"Tydligen inte längre." Jag flyttade över koordinaterna till mitt system. "Vi är bara tre minuter bort."

"Där finns tre Scythe fighters, Jamie."

Jag hånskrattade och planerade vår resa i det röda skenet. "Snälla. Jag tog ner en svärm av tio under Moons of Menace uppdraget. Tio. Tre är ingenting." Jag gasade på, fick oss att åka i full hastighet inom sekunder. "Och där finns barn. Ingen ska döda barn. Det ska inte hända."

Alex bråkade inte emot, aktiverade bara sina vapen och jag gjorde likadant. Han skulle kontrollera de kraftiga missilerna och projektilerna medan jag skulle hantera siktlinjerna av laserkanonerna och ekolodblockerarna.

Vi behövde inte bry oss om att använda sensorstörning, eftersom Gamma 4 hade rapporterat att Dark Fleet Scythe skeppen hade sina störningssystem aktiverade redan.

Deras störningsapparat skulle helt dölja att vi närmade oss tills det var för sent.

Döda barn.

Hur tänkte de?

"Åh, de kommer att ångra sig." Ingen hade någonsin skyddat mig när jag var liten. Helvete, ingen skyddade mig nu. Jag jobbade. Jag betalade mina räkningar. Jag tog hand om mig själv. Det faktumet gjorde mig mer bestämd än någonsin att skydda vartenda barn jag stötte på som behövde det. Jag hade hamnat i heta diskussioner några gånger i parker med mammor som inte uppmärksammar sina små. Jag började nästan bråka på ett lekland när en grupp äldre barn retade en tvåårig liten pojke och föräldrarna inte gjorde något. Inget gjorde mig mer arg än någon som retar ett barn. Eller en hund. Eller kattungar. Eller...

Fan också. Jag bara hatade mobbare.

Jag flög i en båge runt den närmsta asteroiden och kom upp bakom nästa asteroid där tillverkningsfabriken Gamma 4 låg på mina kartor. När vi kom närmre, klickade igenkänningen. "Det här är Gateway 4, från spelet," sa jag till honom. "Träningen, menade jag."

Alex skakade på huvudet. "Gamma 4. Det finns ingen Gateway 4 i träningssimulationen."

"Jo, det finns det. Jag har sett det här förut." Jag visste varenda liten plats, varje sten och formerna av märkena på asteroidens yta. "Jag har sett det här. I träningen. Men den kallades Gateway 4. Jag var tvungen att flyga in och hämta en kidnappad vetenskapsman innan de hemska männen tog honom genom en interstellär transportplattform."

Alex skakade på huvudet. "Nej. Det är en tillverkningsfabrik. Missillås redo."

Just det. Tillbaka till jobbet. Men jag kände till den här stenen. Och nu när jag insåg exakt hur mycket detaljer som hade varit rätt när jag hade spelat, visste jag hur jag ville ta mig an dessa Scythe fighters. "Jag kommer att svänga upp och över basen och komma ner mot dem ovanifrån. När de får syn på oss, kommer det vara för sent."

Medan jag pratade, kom ett Scythe skepp i raketfart rätt upp precis framför oss.

Mitt finger sköt iväg laserkanoner innan jag ens bearbetat faktumet att skeppet var där.

Det var borta sekunder senare, min starfighter körde igenom bråtet som en kula genom ett moln av glitter. Jag blinkade inte. Andades knappt ens.

"En nere, två kvar."

Alex grymtade. "Det var bara visuellt. Det kan finnas fler."

Bra. Jag sa det inte, men jag tänkte det. Att döda bebisar var *inte coolt.* Jag var på autopilot nu, de timmar efter timmar jag spenderat i spelstolen där varje beslut och ryckning av min kropp var en reflex mer än en plan.

Den bultande pulsen och adrenalinruschen. Den var också väldigt bekant. Jag behövde inte tänka, vilket var bra. Allt jag behövde göra var att jaga, och *Valor* var en fantastisk jägare.

Vårt skepp åkte förbi bråtet, och jag vände oss nittio grader till ett dyk, gjorde en visuell skanning efter Scythe skeppen medan jag flög.

"Velerion, det här är Gamma 4. Skyddet är slut. Jag upprepar, skyddet är slut."

"Gamma 4, det här är Velerion. Förstått. Skyddet är slut. Initiera nedstängning."

"Det här är Gamma 4. Nedstängningsbefallning mottagen."

Det kom inget svar från den frenetiska mannen som hade uppdaterat sin hemvärld att hans bas var under attack. Jag hade inte tänkt på att rapportera in till Velerion eller Gamma 4 tills nu, vilket var dumt, så jag öppnade en kommunikationskanal.

Alex stängde ned den omedelbart. "Nej. Ingen kommunikation. Vi kommer förlora överraskningsaspekten."

"Men de tror att de kommer att dö."

"Låt dem. Om du använder kommunikationskanalen, kan Scythe fighters använda vår kommunikationssändning för att hitta vår placering genom sina störningsapparater."

Jag hade aldrig använt något utöver siktande laserkommunikationer mellan skeppen i spelet. Det här var annorlunda, men det var vettigt. "Okej. Vi anländer tyst och gör slut på dem."

"Instämmer."

"Dödsboxen är min." Orden kom ut ur min mun automatiskt, och jag harklade mig.

"Jag har hört det där förr." sa Alex. Jag hade spelat in det kommandot i spelet, det och ungefär hundra andra. Precis som han hade. Jag kände igen hans röst. Tydligen kände han också igen min.

Skärmen framför mig hade ett stort rutsystem som vanligtvis var i linje med min faktiska vy. Den fyrkanten var min dödsbox. Allt jag kunde se, kunde jag träffa med mina laserkanoner.

Resten behövde Alex hantera, hålla borta från oss, eller spåra tills jag tog hand om det omedelbara hotet framför oss. Med de avancerade störningssystemet på de flesta stridsskeppen, var skanners och spårningssystem var värdelösa i strid. Om du inte kunde se det med dina egna ögon, kunde du inte döda det.

Jag slutförde skeppets vändning, och vi pekade neråt ovanför den lilla sektionen av basen som stod ut från den steniga framsidan av asteroiden och de två Scythe fighters som radade upp sig för att skjuta sina dödsskott.

"Nu!" Jag fick upp skeppet till maxhastighet omedelbart, laserkanonerna sköt mot skeppet precis framför mig. Dess partner litade jag på att Alex skulle ta hand om. Vilket han gjorde, träffade en kortdistans, manuellt guidad missil sekunder efter att min laserkanon hade fått Scythe fightern jag siktade på till rymdbråte.

Med alla tre Scythe fighters förstörda, svängde jag runt *Valor* och åkte mot Gamma 4s landningsstation och öppnade kommunikationskanalen. "Gamma 4, det här är Starfighter *Valor*. Scythe fighters har förstörts. Jag upprepar, Scythe fighters har förstörts."

Jag väntade, förväntade mig ett chockat utrop av tacksamhet. Inget.

"Gamma 4, det här är Starfighter *Valor*. Hör ni mig?"

Fortfarande inget. Fan också.

"Varför svarar de inte?" frågade jag Alex.

Han tittade inte upp, kollade sina dataskärmar. "Störningssignalen är fortfarande aktiv."

"Hur är det möjligt?" Om inte...

En explosion skakade bakdelen av skeppet, och jag kollade mina kontroller. "Vi har träffats. De brände bort kontrollpanelen för våra bakåtvända missiler."

Ett varningsljud började låta, och Alex tryckte på en knapp för att stänga av det. Han gick direkt igenom den kritiska informationen. Kvarvarande vapen. Livsstöd.

Jag tittade på mina motorer. Jag kunde flyga. Jag hade fortfarande kontroll. Vem som än hade skjutit mot oss hade haft sin chans.

Och de hade inte tagit den.

"Lås ner allt vi inte behöver. Jag ska ta hand om honom." Redan i en undvikande manöver, svängde jag runt *Valor* för att finna en rymdfärja laddad med missiler riktad mot oss.

"De har siktningslås."

"Jag trodde du sa att deras störningssystem fortfarande var aktivt."

"Jag antar att de stängde av det så att de kunde försöka döda oss."

"Shit."

"Jag har siktningslås."

"Nej. Kör störningen. Jag tar hand om dem."

Alex aktiverade vårt störningssystem medan jag satte

Valor i en snurrande dykning bort från deras rymdfärja och deras missiler.

"Har den där saken laserkanoner?" frågade jag.

"Oklart."

"Perfekt." Medan vi snurrade, åkte missilen de hade skjutit förbi oss och exploderade i den steniga framsidan av asteroiden precis ovanför Gamma 4 basen. "Vad i helvete är det där?"

"Ser ut som en rymdfärja med missiler."

Geni. "Jag kan se det. Jag såg aldrig en sådan i spelet."

"Träningssimulationen," kontrade han muttrande. "Och jag har aldrig sett en heller."

Jag drev *Valor* till farliga hastigheter, vände runt oss och kom upp på baksidan av rymdfärjan, mitt finger kliade att skjuta laserkanonerna och göra slut på dem. Men det var inte en Scythe fighter. Det var en rymdfärja. "Hur många människor är i den där saken?"

"Oklart."

"Jag omformulerar. Hur många personer kan få plats i en sådan rymdfärja?"

Han sneglade mot mig, sedan upp, genom det genomskinliga cockpittaket, för att studera skeppet. "Tjugo. Kanske trettio."

Jag hade två, kanske tre sekunder på mig att ta ett beslut.

"De har en missil riktat mot basen," sa Alex.

Det fanns barn på den basen.

Jag tryckte på avtryckaren på min kontroll, och fyra laserkanoner, två under var och en av *Valors* vingar, träffade rymdfärjan samtidigt. Den exploderade till hundratals brinnande fragment när min attack slet isär rymdfärjan.

"Hur många personer dödade jag precis?"

Alex suckade, men om han verkligen hade flugit med mig i alla de där spel—tränings—simulationerna med mig, visste han att jag inte skulle släppa det här. "Den bästa uppskattningen är runt trettio. Tre per Scythe fighter, vilket är nio, och ungefär tjugo på den modifierade rymdfärjan. Men jag kan ha fel i min räkning."

"Jag dödade precis trettio personer." Det var inte en fråga.

"Nej. Vi räddade precis över hundra civilpersoners liv."

Den matten stämde inte för mig. Logiskt sätt var jag okej. Men min själ värkte. Jag var en mördare nu. Jag. Hade. Dödat.

Mitt hjärta sjönk tillsammans med adrenalinet. Alex hade sagt samma sak till mig om och om igen, men det här var den första gången jag verkligen förstod.

Det här var verkligen, absolut, *inte* ett spel. Vad hade jag gjort?

lex, Starfighterbas på Månen Arturri

SKEPPET GUIDADES IN GENOM DET SISTA RUTSYSTEMET AV AUTONAYSYSTEMET, och sucken jag hörde från Jamie stämde precis med mina tankar.

Vilken mardröm. En oväntad konfrontation och en strid med Dark Fleet.

Under hennes första dag. Jag hade hoppats på att lugnt fösa in henne i en strid, men så här var det med drottning Raya. Fan.

Jamie hade varit så glad och ivrig över att se skeppet. Hon hade kastat sig in i mina armar, och jag hade dragit med henne till kontrollrummet, fått ett smakprov på hur vår framtid kanske skulle bli. Full av tillit. Passion. Ett partnerskap på alla sätt och vis.

Efter det, när vi hade åkt ut med starfightern, var hon leendes med min hemvärld snurrandes under oss, lyckan i hennes ansikte hade gjort att hon strålade. Chockerande vacker. Att bara titta på henne, fick mig att vilja ha henne mer än tidigare, tillräckligt för att få mig på mina knän.

Sedan hade Scythe fighters attacken dödat all glädje hon hade. Hon kunde inte ifrågasätta om det här var på riktigt nu. Vår roll i det här kriget var förödande farlig. Skadorna på *Valor* var bevis på det. En hel sektion av de bakre vapensystemen saknades, kontrollpanelen var inget mer än brända rester. Cockpittaket hade blivit skadat från vårt möte med bråte från det första skeppet Jamie hade förstört, sprickorna var inte tillräckligt djupa för att döda oss men tillräckliga för att hela taket skulle behöva bytas ut. Laserkanonens kraft var nere på femtio procent, och våra framåtriktade missiler var borta. Vi behövde ersättningar omedelbart. Olyckligtvis, när jag inspekterade undersidan av vingarna, såg jag att två monteringsfästen var skadade också.

Det bästa reparationsteamet på basen skulle behöva flera timmar för att reparera de mindre skadorna. Jag hade ingen aning om hur lång tid vapenkontrollsystemet skulle ta.

En hel dag? Två?

Jag hade gått runt hela skeppet och inspekterat skadorna medan Jamie satt i pilotsätet, stirrandes på ingenting, och jag hade inte insett hur upprörd hon var.

Vad för typ av partner var jag? Det gjorde mig arg att jag bara kunde hitta min partner genom ett träningsprogram, att den enda anledningen till att hon kom till Velerion var på grund av hennes stridsskickligheter. Jag hade medvetet tagit hit min partner från hennes hemvärld för att strida i mitt krig, för mitt folk. Hon var vacker och mjuk, och jag hade fått henne att hantera döden. Jag hade varit jämte henne och sett henne döda.

Ville att hon skulle döda. Hade varit upprymd och stolt över hennes skickligheter. Jag hade inte alls tänkt på vad något av det här skulle betyda för henne. Hon hade spelat ett spel, inte tränats för strid så som jag hade.

"Jamie?"

Hon blev skrämd, sedan klättrade hon ut ur vårt skepp, och jag lyfte en hand för att hjälpa henne ner de infällbara trappstegen. Fast hon placerade sin handflata i min, såg hon inte mig. Hon verkade så borta i sina egna tankar att det verkade som om hon var på en annan planet.

Kanske önskade hon att hon var tillbaka på jorden. Kanske hade hon ändrat sig och ville att jag skulle låta henne återvända. Jag hade lovat att göra det, vilket inte bådade väl för mig eller Velerion.

"Jamie?" Jag sa hennes namn igen, mjukt. Påverkan av rymdstriden hade varit ett angrepp. Hon behövde inte mer från mig.

"Va?" Hon tittade på sina händer, vände runt dem som om hon inspekterade ett sår.

"Är du okej?" Jag satte min hand på hennes axel, och jag kände en rysning genom hennes lilla kropp.

Det fångade hennes uppmärksamhet. Hon tog av sig sin hjälm, och jag gjorde likadant och väntade på hennes svar.

"Nej. Det är jag inte."

Hon tittade upp när vi båda hörde en våg av personer som rörde sig framåt i godsterminalen, deras glada rop nådde oss långt innan de skulle nå oss. Med smala ögon tittade hon hur två servicetekniker sprang fram för att ta våra hjälmar åt oss. De skulle tvättas, inspekteras, och läggas tillbaka i skeppet inom en timme om vi skulle behöva åka ut igen. Jag sneglade på de skadade och sprängda delarna på vårt skepp.

"Hur gör soldater det här?" frågade hon utan att titta åt mitt håll.

"Gör vad, exakt?" frågade jag. "Räddar liv? Kämpar för vad de älskar? Skyddar folk som inte kan skydda sig själva?"

"Dödar." Hon sänkte sina händer till sina sidor och tittade på mig med en ledsamhet i sina ögon som jag kom ihåg att jag kände för länge sedan. "Jag är inte en marinsoldat, Alex. Jag är en budbilsförare. Efter det där, vet jag att det inte är ett spel. Men jag spelade ert träningsprogram som ett. Jag blev bra för att det var roligt, inte för att jag försökte rädda en planet full av folk."

Jag drog henne tätt intill mig och andades ut en suck av lättnad att hon tillät mig göra kontakt. Jag kramade henne mot mig, pussade toppen av hennes huvud. Hon var mjuk och varm, och jag kunde känna henne andas. Hon var vid liv. Hon var i min famn, och det var vad hon behövde.

"Det här," sa jag, klämde henne lätt. "Jag och du. Vad du än tror, är vi inte ett spel. Aldrig."

Hon nickade, hennes panna gled mot mitt bröst. Fan, att hålla henne var vad jag behövde. Att strida mot Dark Fleet hade aldrig vägt såhär tungt över mitt bröst tidigare. När jag hade jobbat undercover på asteroid Syrax, hade jag känt pressen att hitta förrädaren, men det här med Jamie var mycket intensivare, hotet av att förlora henne mer smärtsamt än någonting jag hade hanterat sedan min brors död.

"Du är en Elite Starfighter, partner," påminde jag henne. "Vi var i *Valor* tillsammans. Vi är ett team. Inget du gör, gör du ensam."

Jag, jag skulle inte vara ensam längre.

Folk kom närmre, åtminstone tjugo av Arturris baspersonal formade en lös cirkel runt oss, ivriga att dela med sig av sin stolthet över vår framgång.

Jamie hade ingen aning om vad hon betydde för alla på den här månbasen och hela planeten nedanför. Hon var hopp. Skydd. Styrka.

"Jamie, vi har en välkomstkommitté," viskade jag i hennes öra.

Hon öppnade sina ögon och lyfte sitt huvud för att se sig runt. Det blyga leendet i hennes ansikte var allt Gus och Ry behövde för att komma fram.

"Jamie! Med allt som är heligt, du är fantastisk. Tre Scythe fighters och en rymdfärja i din första strid? Och du räddade Gamma 4. Vi är så stolta över dig!" Gustar drog henne från min sida in i en gigantisk kram, och Ryziz anslöt sig snabbt. Efter det samlades alla runt oss i en stor cirkel, sträckte sina armar runt varandra med mig och Jamie i mitten av kärleksattacken. De ropade och sjöng och hoppade som galningar. Vissa av dem skrek. *"Jorden! Jorden! Jorden!"*

Servicemedlemmarna som jobbade på månbasen visste likaväl som jag att Jamie Miller kanske var den första från jorden, men hon skulle inte vara den sista. Just nu, var de två medlemmarna i hennes team nära att klara sin träning. Det fanns dussintals fler som var några veckor efter dem.

Snart, skulle Starfighterantalet börja öka för första gången sedan den originella attacken.

Och jag skulle göra vad som helst och allt jag behövde för att se till att förrädaren hittades och eliminerades på asteroid Syraxs bas. Jag var inte säker på hur nu när jag var stationerad på Arturri, men jag skulle hjälpa Nave och Trax se till att det gjordes genom att mata dem med information jag fick reda på härifrån. Jag hade mer än ansvar och mitt folk att skydda nu; jag hade Jamie. Och hon var min.

"Okej! Okej! Ni är alla galna! Sätt ner mig!" Jamies skratt lät som musik för mina öron och Gus och Ry satte äntligen ner henne på fötterna. Hon var avslappnad och log nu, förstod att de inte bara var nöjda med henne, men med utkomsten av hela sammandrabbningen.

Den yttre folksamlingen löstes upp, tog några steg tillbaka för att forma en linje på var sida av oss så att de skapade en slags korridor till utgången av godsterminalen för oss att gå ner för.

Jag tog Jamies hand medan vi gick förbi den nu tysta men fortfarande leendes välkomstgruppen.

När vi hade kommit igenom tunneln, var det ljusa, öppna utrymmet fullt av aktivitet, och ståendes i mitten var General Aryk av Velerion.

"Välkomna tillbaka, Starfighters." General Aryk kom fram för att hälsa på oss, och jag var chockad att se de silvriga strimmorna vid hans tinningar. Jag hade hört rykten att han hade skadats svårt i en strid och när han hade återhämtat sig, hade hans svarta lockar slingats av silver. Hans ögon var fortfarande de genomborrade ljusgrå jag kom ihåg från mina yngre dagar på Velerion. Han var nära mig i ålder, men såg ut att vara ett årtionde äldre. "Fantastiskt jobbat. Fast, Jamie Miller, jag fick ingen rapport från den medicinska avdelningen som konstaterade att du var redo för uppdrag."

"Va?" frågade Jamie, rynkade på ögonbrynen.

Jag förklarade åt henne. "Det var meningen att det skulle vara en vanlig flygning, General. Inget mer."

"Varje gång en Starfighter klättrar in i sitt skepp, är det alltid mer. Gå till medicinska avdelningen. Jag behöver att du konstateras redo för uppdrag. När du har gjort det, förväntar jag mig att få en rapport över uppdraget." Generalen slutade ge henne befallningar tillräckligt länge för att sträcka ut sin hand mot sin nyaste rekryt. Han gav henne till och med ett leende. "Välkommen till Velerion, Starfighter. Jag är General Aryk, din befälhavare."

Jamie accepterade hans utsträckning och böjde sina fingrar runt hans i den accepterade hälsningen. "Trevligt att träffas. Jag heter Jamie."

"Jamie Lynn Miller, planeten jorden, staden Baltimore i ett ställe som kallas Maryland. Jag har läst din fil."

Hennes mörka ögonbryn höjdes. "Har jag en fil?"

"Självklart. Och det finns ingen medicinsk undersökning i den. Så stick till medicinska avdelningen." Han pekade åt hållet till den medicinska avdelningen.

"Nu?" frågade Jamie. Jag insåg att hon hade sett ledaren i träningsprogrammet. Kände igen hans ansikte och röst men mötte honom på riktigt för första gången.

"Vilken del av 'stick till medicinska avdelningen' kan inte översättas till engelska?" General Aryk tittade från Jamie till mig; sedan flinade han. "Ni båda presterade över förväntan. Speciellt eftersom det var en överraskningsattack. Jag behöver veta att du är redo för ert nästa uppdrag. Medicinska avdelningen, sedan mitt kontor för en rapport. En timme."

"Ja, min herre," sa jag.

Generalen nickade och gick i väg. Jamie tittade på mig och basens personal började röra på sig igen, började jobba igen. Jag lyfte våra fortfarande sammanflätade händer till mina läppar, pussade baksidan av hennes knogar innan jag drog henne försiktigt mot öppningen som ledde till de medicinska stationerna.

Som jag hade förväntat mig, var den medicinska avdelningen igång i full fart och hade väntat på att få sin första titt på den nyaste arten av Starfighter. Doktorn var praktiskt taget till sig av iver.

"Starfighter Jamie! Välkommen, välkommen till medicinstationen. Jag är doktor Suzen, och det är min ära att assistera dig."

"Tack, Suzen. Jag är okej," insisterade Jamie till den längre kvinnan medan hon lät henne leda henne till skanningsapparaten.

"Det är du säkert, men vi har båda våra befallningar. Sitt här. Perfekt. Bara slappna av och luta dig bakåt i sätet." Doktor Suzen tittade på mig. "Du också, Starfighter. Det finns en till plats för dig här." Hon tittade över sin axel på en av de yngre gentlemännen som hanterade en kontrollstation. "Doktor Wallis, kan du vänligen assistera mig?"

"Självklart." Den yngre doktorn gick till skanningsapparaten och indikerade att jag skulle luta mig tillbaka i sätet. Jag gjorde det, hade gjort det här hundratals gånger. Jamie var i min vy, så jag lutade mig bakåt och sätet anpassades efter min kropp, och väntade på att de bekanta ljusen skulle snurra. "Påbörjar skanning."

Jag kunde hålla mina ögon öppna om jag föredrog det, men jag såg ingen anledning att göra det. Jag hade sett de starka ljusen och känt den mjuka pulsen när skannern kollade frekvensavläsningarna av varenda cell i min kropp hela vägen till mitt DNA.

Som förväntat, var jag färdig inom ett par minuter.

"Du fungerar på en optimal nivå, Starfighter. Du är tillåten att gå. Den här undersökningen kommer att noteras i din fil."

"Tack så mycket," mumlade jag, mer av vana än för att jag faktiskt var uppmärksam. Istället var min fokus på Jamie, som hade placerats i en ljustrans av doktor Suzen. Jamies ögon var slutna och hennes kropp slapp. "Vad är det för fel på henne?"

Doktorn hade kallat dit en till för att hjälpa henne med vad det än var de gjorde.

Jag stod vid Jamies huvud och såg på när de två doktorerna rörde sig med en snabbhet jag vanligtvis inte såg om de inte behandlade skadade eller vid olyckor.

"Vad. Är. Det. För. Fel. På. Henne?"

Doktor Suzen tittade äntligen upp på grund av min ton. "Chifferimplantatet har inte fullt anslutits till hennes neuroner. Processen är inte alls nära komplett. Hur kunde hon flyga sitt skepp?"

"Hon hanterade manuella kontroller."

"Det är omöjligt." Hon korsade sina armar och tittade på Jamie med smalnade ögon. "Ingen har naturliga reflexer snabba nog att flyga manuella kontroller. Ni båda borde ha sprängts till rymddamm."

"Ingen från Velerion," höll jag med.

"Är hon så duktig?" frågade hon, hennes ögon lika stora som den yttre månen.

"Ja." Mitt bröst fylldes av stolthet medan jag sträckte mig ut och rörde Jamies långa, mörka hår där det hängde ut från kanten av skanningsapparaten. "Hon är så duktig."

Alla i Velerions militärpersonal använde chifferimplantatets nanopartiklar, inte bara för att förstå språket, men räknade med det för att höja ens reflexer och bearbetningshastighet. Så snabba som naturliga, fysiska reflexer var, gjorde chifferimplantatet soldater ännu snabbare. Jag hade fått mitt implantat dagen jag började min militärtjänstgöring. Ändå hade Jamie lyckats vinna en stor strid utan att känna av de fulla fördelarna av nanopartiklarna interagera med hennes system. Hon var... en avvikelse minst sagt. Den bästa piloten jag någonsin sett.

Till och med bättre än vad min bror och hans partner hade varit.

Tydligen hade doktorn en liknande uppfattning. "Hur många fler människor är nära att klara träningssimulationen?"

"Senaste gången jag kollade, en handfull. Men många fler var inte långt efter."

Doktor Suzen log och slog till mig på axeln. "Vi kanske har en riktig chans att överleva det här kriget, Alexius. Om det finns fler som henne, kommer vi ha en äkta chans."

Jag svarade inte för att kommentaren sas med hopp. Vi stod i några långa minuter och såg på hur de andra doktorerna avslutade med Jamie. När de var färdiga, gjorde de henne vid medvetande långsamt. Hennes mjuka stön av obekvämhet fick mig att gå till hennes sida direkt.

"Jamie, jag är här." Jag tog hennes hand i min.

Hon blinkade. "Rummet snurrar."

"Det kommer gå över om några minuter. Du kommer bli bättre än okej, Starfighter. Jag tror att jag har gjort mitt bästa jobb med dig." Doktor Suzen verkade ganska nöjd med sig själv. "Vartenda ett av dina system har förbättrats till optimal effektivitet."

"Perfekt." Jamie tittade upp på mig. "Hur länge var jag borta?"

"Ni har varit här långt över en timme." General Aryk kom in i rummet och gick så att han stod direkt i Jamies vy.

Doktor Suzen ryckte på axlarna utan ursäkt. "Första gången i stolen tar lite längre tid. Ny art och allt det där."

Generalen vevade sin hand mot doktorn för att tysta henne som om han hade förväntat ett sådant svar, men han pratade till Jamie och mig. "Ni två missade mötet. Gå tillbaka till ert personliga hem och vila. Jag träffar er båda på mitt kontor omedelbart i morgon bitti med de andra Starfighterteamen. Vi går igenom uppdragsplanerna med er då."

"Motattack?" frågade jag, mina fingrar spändes av ivrighet.

"Ja. Vi kan inte längre räkna med några pauser i deras attacker på grund av kretsloppen. De har brutit sitt offensiva mönster två gånger nu. Vi kan inte riskera en tredje attack. Om ni två inte hade varit så nära, hade vi förlorat Gamma 4."

General Aryk gav en liten honnör till oss båda och nickade mot doktor Suzen. "Bra jobbat, Suzen. Ni två, vi ses på mitt kontor vid Vega ett."

"Vega ett är en timme efter soluppgången. Förstått."

Jamie tittade upp på mig efter att generalen hade gått.

"Kan vi gå nu?"

"Ja, partner."

Imorgon, efter att jag hade lärt mig generalens attackplan, skulle jag höra av mig till mina vänner som fortfarande jobbade undercover som smugglare på drottning Rayas bas på asteroid Syrax och ta reda på hur nära de var att upptäcka identiteten av den Velerianska förrädaren.

amie

Dagen hade gått från att försöka förstå att allt var
på riktigt, att jag var på Velerion med Alex, till att vara
för på riktigt. Jag hade vaknat och trott att *Starfighter
Träningsakademi* var ett spel.

Jag hade nu bestämt mig för faktumet att det inte alls
var ett spel.

Fast även efter att jag hade accepterat att Alex hade
talat sanning, hade jag fortfarande bara spelat. Sättet
Alex tittade på mig. Kysste mig. Rörde mig. Att träffa de
andra på månbasen. Att se mitt vackra skepp *Valor? Det*
hade allt var på riktigt. Men Dark Fleet? Det hade fortfa-
rande inte sjunkit in som ett hot, som en äkta, levande
fiende av kött-och-blod.

Inte längre. Jag hade sett dem. Kämpat mot dem. Dödat dem.

Jag förstod deras ondska nu. Sättet de retades på, som en katt skulle med en fångad mus.

Det var på riktigt. Min vilja att ta slut på drottning Raya och se frid på Velerion och andra hotade planeter var nu på toppen av min att-göra lista. Jag behövde inte leverera paket längre. Mitt jobb var att skydda miljarder av människor på Velerion och jorden och några andra planeter jag aldrig ens hade hört talas om. Och för att göra det, skulle jag vara tvungen att döda igen och igen...

"Hey," sa Alex, hans röst ett lågt viskande. Han satte sin hand på min axel. Jag sneglade åt hans håll. "Är du okej? Jag erkänner, idag var inte hur jag hade förväntat en övergång till hur livet som en Starfighter skulle gå."

Jag gav honom ett litet leende. Var jag okej? Jag hade aldrig haft en fiende tidigare. Visst, jag hade haft tjuriga kunder som var arga på mig på grund av att deras paket var tre dagar försenat. Som om det hade varit mitt fel. Men det var inte någon som var ute efter att döda mig och alla andra på jorden.

Det var inte bara en hjärnomställning att veta att Velerion och Alex existerade. Det var en omställning att veta att våra liv konstant var i fara här på månbasen. Att Alex och jag var två av bara några få som kunde hjälpa till att rädda flera världar.

Bokstavligen.

"Det är jag. Det där var mycket att hantera. Förlåt att jag inte trodde på dig. Inte riktigt förstod." Min röst var mjuk och jag skämdes lite. Jag hade gjort deras tragedi till ett spel.

"Vissa saker måste upplevas för att förstås."

"Du har för mycket tålamod med mig." Jag insåg nu exakt hur djupt General Aryk och de andra Starfighters faktiskt var investerade. De behövde hjälp så illa att de hade skapat ett träningsverktyg i förklädnad och skickat det till världar långt borta i hoppet av att de skulle hitta värdiga rekryter.

Snacka om galen marknadsföring. Kanske deras ledare skulle behöva tänka om runt deras risk-mot-belöning analys. Tänk om jag hade sagt nej? Tänk om jag hade fått panik och misslyckats i uppdraget och Alex och jag båda hade dödats? Tänk om ingen, någonstans, på någon planet lyckades klara spelet?

Alex kom för att stå framför mig, lyfte min haka med sina fingrar. "Det är ett stort steg från att spela vad alla på jorden tror är underhållning till liv eller död. Du reste över galaxen, partner. Du lämnade ditt hem. Du har offrat mycket för Velerion."

Hans blick flyttades till min axel och han suckade. "Jag ser nu vad det här kostar dig. Vad som inte har insetts med träningsprogrammet."

"Jag var inte redo att vara en mördare, Alex." Jag gav honom ett litet leende. "Men jag kan inte låta den där bitchen till drottning och hennes undersåtar mörda oskyldiga personer heller."

"Så, partner, vad vill du göra nu?"

Jag tvekade inte. "Nu strider vi mot Dark Fleet."

Han skakade på huvudet, strök tillbaka mitt hår från mitt ansikte. "Nu vilar vi, precis som General Aryk sa. Sedan strider vi."

"Vila? Jag är för pigg för att sova."

Hans ögon blixtrade till av bus och hetta när de sänktes till min mun. "Då måste jag rätta till det."

Jag tippade mitt huvud åt sidan, bet mig i läppen, vilket fick honom att flåsa ut ett roligt litet morrande. Ett possessivt, jag-vill-bita-den-läppen ljud.

"Du vet att det här händer snabbt," sa jag medan han kupade min käke med sin stora hand. Hans tumme strök över min kind.

Han lutade sig närmre så att allt jag behövde göra var att ställa mig på mina tår och våra läppar skulle röras. "Det har gått månader, partner. Vi har känt varandra sedan den trettonde juni."

Hetta kändes genom min kropp. Han hade rätt. Jag hade velat ha honom sedan början. Fast jag inte ens hade vetat att han fanns på riktigt, hade Alex hört varenda konversation jag hade haft med Mia och Lily.

Jag blinkade, och överrumplades sedan. "Åh herregud. Mia och Lily."

Han rynkade på ögonbrynen men drog sig inte bort. "Vad tänker du på?"

"De vet inte att jag är borta."

"Nej. Från vad jag vet av deras prestation i träningsprogrammet, kommer de inte vara långt efter dig i att ta examen."

Jag stirrade på honom en sekund, med stora ögon. "Menar du... menar du att deras spelpartners är på riktigt... eller ja, strunta i det." Jag satte min hand på hans bröst innan han kunde svara. "Jag vet att allt är på riktigt. Kommer de att komma hit? Jag hade aldrig trott att jag skulle behöva åka över galaxen för att få träffa dem på riktigt."

Hans läppar vändes uppåt, han var uppenbart road. "Jag är glad över att dina vänner kommer att ansluta till dig i Starfighterprogrammet. Det finns sex Starfighterbaser som är i drift. Jag vet inte var deras skickligheter behövs."

Jag kunde inte låta bli att sucka och ville pumpa min knytnäve i luften av glädje. Mia och Lily skulle snart få reda på att deras män fanns på riktigt. Att *spelet* var på riktigt. Och de skulle vara här, eller i alla fall tillräckligt nära att jag kunde träffa dem då och då.

Jag flinade, satte min hand bakom Alex nacke. "Det är bra. Nu... tillbaka till där din mun var... "

Där kom det lilla morrandet igen. Sedan kysste han mig. Hans arm sträckte sig runt min rygg, och han lyfte mig från golvet. Vi flyttades, men jag var för vilse i kyssen för att veta vart vi rörde oss mot och varför. När jag sänktes ner på min rygg på den mjuka sängen, följde Alex efter mig ner, och jag skrattade.

Han placerade en hand jämte mitt huvud så att han hängde över mig. Jag tittade upp i hans mörka ögon. Jag tog in det skarpa ögonbrynet, den fyrkantiga käken, de fylliga läpparna. Han var så snygg och han var min. Min partner. Min andra hälft.

"Du är road?" mumlade han.

Jag skakade mitt huvud lite, mitt hår gled över filten. "Jag är... glad." Mina ögon vidöppnades. "Förlåt. Vi kom precis från en strid och jag borde inte känna såhär men—"

Hans finger flyttades till mina läppar.

"Jag är också glad. Jag kan också vara arg över attacken. Kriget är långt. Det är... otrevligt. Döden kan komma när som helst, som du har lärt dig. Vi känner njutning när vi kan."

Jag tänkte på det. Vårt skepp hade skadats av fienden. Vi kunde ha dött. Vi kunde fortfarande det, när som helst. Det fick mig att inse att fastän jag bara hade vaknat på Velerion tidigare idag, hade så mycket hänt sedan dess. Allt var annorlunda nu. Allt.

"Tid är relativt här. Känslor är annorlunda. Allt är mer..." Min röst avtog. Mer intensivt. Ljusare. Mer livligt. Det var som om jag hade levt i en svartvit värld och vaknat upp och kunde se färg. Och känna känslor. Rädsla. Hopp. Åtrå.

Han rynkade på ögonbrynen. "Jag förstår inte. Det finns ingen tidsskillnad på Velerion."

Jag blinkade, slickade mina läppar. "Jag menar, jag tänker inte dö utan att ha dig i mig först."

Hans ögon öppnades lite, och smalnade sedan. Hans kropp spändes. Det var möjligt att han slutade andas.

"Jamie..."

"Jag vill ha dig Alex. Jag har alltid velat ha dig." Min kropp pulserade när jag sa de sista orden, och jag sträckte mig efter honom. "Jag vill ha dig. Nu."

Han behövde inte sägas till två gånger. Det verkade som att ända sedan han hade knackat på min lägenhets-dörr, hade han hållit tillbaka. Hållit sig lugn. I kontroll. Civiliserad. Jag hade sett tecken av hans possessivitet och uppmärksamhet i kontrollrummet, men nu insåg jag att han hade hållit sig tillbaka.

Nu... herrejävlar, nu var han vild. Hans läppar var på mina, konsumerade mig. Stal mina andetag. Hans händer rördes över mig, lyfte min tröja, drog i den. Hans kropp sänktes mot min, tryckte ner mig i sängen. Han var överallt.

Hans beröring var glupsk, som om han hade varit i torka och jag var regnet. "Jamie," andades han när han kysste ner för min hals.

Jag sträckte mig efter nederdelen av hans skjorta, tog tag i kanten och drog den uppåt. Han satte sig upp, stod på knä över mig, och tog av sig sin uniformsskjorta.

"Nu du," Hans knogar strök över min mage när min matchande uniformstopp lyftes. Jag behövde sätta mig upp, och han hjälpte mig att dra den över mitt huvud.

Min bh var härnäst, och sedan var jag halvnaken framför honom.

"Så vacker." Hans blick rördes över mig, hettade mig samtidigt. Jag var långt ifrån kall, visste att han skulle hålla mig varm. Och om jag var så här överhettad av att han *tittade* på mig, skulle jag vara i lågor när han kom in i mig.

"Jag förväntade mig aldrig..."

Hans ord avtog när jag strök mina fingertoppar över hans hud.

"Vad?" viskade jag. Hans axlar var breda, hans midja smal, vilket gjorde hans överkropp till ett skarpt V. Han var väldigt muskulös. Lite mörkt hår på hans bröst smalnade av till en linje och försvann i hans byxor. Hans hud var varm att röra, och sättet han stillnade på och inte kunde prata, allt på grund av att jag rörde honom, fick mig att känna mig mäktig.

Jag log.

"Vi uppfostrades att hitta en partner. En som är kompatibel i så mycket mer än att strida tillsammans. Jag förväntade mig aldrig att du skulle vara från jorden." Hans blick mötte min. "Jag förväntade mig aldrig *dig*."

"Jag är inte någon speciell," svarade jag.

Med en hand i mitten av mitt bröst, knuffade han tillbaka mig ner på sängen. Han la sig över mig, höll sin vikt borta från mig med sina armar. Jag var nerpressad i sängen, hans bara bröst rörde mitt.

"Du är speciell för mig. Måste jag bevisa det?" Han kysste min käke igen, och sedan ner för min hals. "Jag tror jag måste det."

Uh-oh. En man med ett uppdrag, och det var inte att strida mot Dark Fleet.

Han slickade längs mitt nyckelben till mitt högra bröst. Hans tunga cirkulerade min bröstvårta, men han tog inte in den i sin mun. Istället slickade han mellan mina bröst och till den andra bröstvårtan, gav den samma behandling.

Jag började att skruva på mig, mina händer trasslades in i hans hår.

"Alex," gnydde jag.

Han lyfte sitt huvud tillräckligt länge för att snegla på mig. "Ja."

"Vad gör du?"

Hans näsa strök över en hård topp, vilket var mer retligt än något annat. "Bevisar hur speciell du är."

"Genom att tortera mig?"

Han flinade åt mig nu. "Vad vill du ha partner? Jag sa det till dig tidigare. Jag kommer ge dig allt. Du behöver bara berätta för mig."

Jag rodnade och skruvade på mig lite mer. "Jag vill..."

"Ja?"

"Jag vill ha din mun på mig."

"Som du önskar." Han tog min bröstvårta i sin mun och sög. Gav min andra samma behandling. Hetta och begär kändes genom mig. Jag vred på mig och stönade, drog i hans hår. Jag var vild för honom, och allt han gjorde var att leka med mina bröstvårtor.

När jag sa hans namn igen, rörde han sig neråt, jobbade av mig mina byxor och trosor på samma gång. Han gled ner längs min kropp och tog av mig mina boots, den ena, sedan den andra, och gjorde mig helt bar.

Han klättrade inte upp på mig igen, utan satte sig istället på sina knän vid änden av sängen. Med ett grepp runt mina anklar, drog han mig till kanten, slängde mina anklar över sina axlar.

"Åh herregud," sa jag till taket när jag kände hans varma andedräkt fläkta mot mitt inre lår, precis innan han kysste det.

"Du är vacker överallt." Han kysste min mittpunkt då.

Jag tänkte inte bråka med honom den här gången. Jag skulle aldrig ha kallat mina kvinnliga delar *vackra*, men Alex, min dröm man, var mellan mina lår, slickade mig där som om jag var en glass.

Jag var smart nog att veta att det här inte var rätt tid att—

"Alex!" skrek jag när han gjorde någon magisk snärt på min klitta.

En hand kupade insidan av mitt lår. Den andres fingrar lekte över min mittpunkt tillsammans med hans mun. "Det där låter bättre. Jag är ingen Gud, men jag är din partner. Jag vill att du skriker mitt namn när jag äter dig. När jag får dig att komma."

Han sa inget mer, men började jobba på mig, tryckte in två fingrar i mig och böjde dem och hittade... "Alex." Den här gången kom hans namn ut som ett stön. Ingen hade någonsin hittat min G-punkt tidigare. Helvete, jag hade inte ens vetat att jag faktiskt hade haft en.

Men den punkten, stället han smekte eller rörde eller något med sina fingrar, var som startknappen till min sexuella motor. Med hans mun på min klitta, fick kombinationen mig att bli tajtare och tajtare tills jag släppte allt. Jag skrek hans namn och höll i täcket.

Jag hade aldrig kommit såhär tidigare. Färger dansade bakom mina slutna ögonlock. Min klitta pulserade och bultade. Min öppning spändes runt hans fingrar. Jag var svettig och avslappnad, mjuk och... flinade.

Men jag var inte färdig. I helvete heller. Jag var uppvärmd och redo att knulla. Det var dags att ge lite också. Jag tryckte upp mig, tog bort mina ben från Alex axlar, och gled ner på golvet så jag satt grensle över honom. Sidan av sängen var vid min rygg.

Jag jobbade upp framsidan av hans byxor, sträckte mig in, och hittade honom. Jag tog tag i hans varma längd, pumpade den med min handflata.

"Fan," morrade han, hans magmuskler blev tajta, hans händer spändes. Han tryckte sig upp bara tillräckligt för att dra sina byxor ner över sina höfter, och satte sig sedan ner igen. Med hans hand vid min midja, lyfte han mig, och eftersom jag fortfarande höll hans fantastiska kuk—grov och lång med en bred topp—kunde jag placera han vid min öppning.

Jag tryckte ner mig i hans knä samtidigt som han tryckte uppåt.

Vi stönade till samtidigt. Han var så stor att jag var tvungen att ta ett ögonblick att anpassa mig. Jag kände mig uttänjd på gränsen till smärta, han var så stor.

"Du är så trång."

Hans fingrar klämde mina höfter och vi höll oss båda stilla.

Jag lutade mig framåt, kysste mitten av hans bröst.

Sedan började jag vilja ha mer. Jag försökte lyfta mina höfter, men han höll mig på plats.

Min haka lyftes, och jag tittade in i hans bottenlösa mörka ögon. Svett pärlade hans ögonbryn. Hans käke var spänd.

"Gör inte det," viskade jag.

Ett mörkt ögonbryn höjdes. "Gör inte vad?"

"Håll inte tillbaka."

Han studerade mig i ett ögonblick som om han försäkrade sig om att jag talade sanning, och gav mig sedan en lätt nickning. Han lyfte upp mig, och lät sedan tyngdkraften sänka mig igen. Han stötte sina höfter och kom in djupt.

Jag krokade mina ben runt hans midja, korsade mina anklar bakom hans rygg. Sedan gjorde jag likadant med mina armar runt hans hals medan jag kysste honom. Han knullade mig—jag hade ingen kraft att göra det själv—grovt och hårt. Vilt och djupt.

Jag stönade när våra tungor trasslade ihop sig, och hans händer rördes till min rumpa.

Sättet han cirkulerade mig när han knullade mig på honom, fick min klitta att gnuggas mot honom på precis det rätta sättet, och han drev mig till en andra orgasm som var ännu mer intensiv än den första. När jag blev mig själv igen, saktade han ner sina rörelser, fyllde mig försiktigt, lät mig rida ut njutningen.

"Att se dig komma är det mest fantastiska jag någonsin sett."

Mitt leende den här gången kändes som om jag var full av njutning och mjuk. "Och du? Kom—"

"Nej. Vi är inte färdiga, partner."

Han lyfte mig så jag kom av honom. Jag flämtade när han drog sig ut, men jag var som en docka i hans starka händer och han slängde runt mig så att jag var med min framsida mot sängen. Sängen sänktes och en arm kom in under min midja och omfamnade mig, lyfte upp mig på mina knän.

Hans kuk fyllde mig bakifrån och jag stönade.

"Alex, det är för mycket."

Han lutade sig över mig medan han rörde sina höfter, tog mig igen. Jag var så våt, han kunde trycka sig in lätt.

"Aldrig, partner. Det kommer aldrig att vara tillräckligt."

Jag tappade räkningen över hur många olika sätt han tog mig på den natten. Vi somnade, och han väckte mig med sitt huvud mellan mina lår igen. Eller med fingrar som lekte med mina bröstvårtor. Eller att han satte min hand runt hans hårda kuk.

Allt jag visste var att när han äntligen lät mig vila, hade jag inga tvivel på att han tyckte att jag var vacker. Att jag var hans. Att vårt parband var... otroligt.

11

 lexius

UPPDRAGET VAR ENKELT. Tre starfighter skepp, tre team, tre mål.

Gustar och Ryzix, Team Två, hade fått uppgiften att förstöra Scythe fighters eller andra skepp som hölls i hemlighet på godsterminalen. De andra starfighters som var stationerade på Arturri, Zeke och Kalinda av Team Ett, skulle attackera lastplatserna på den påstått övergivna Vion Hex terminalen—en svävande farkost som en gång hade hanterat allt från handel till att tillverka rymdfarkoster. Det var en av de äldsta hexterminalerna som fanns här. Den var superstor, kunde inte missas på radarn, men uppenbarligen hade Dark Fleet hittat nya sätt att dölja den på, eller deras skepp hade i alla fall det när de hade använt den som ett mellanstopp, en temporär stridsbas. Fast det inte var känt som ett Dark

Fleet skepp, hade de alltid hanterat de mer skumma delarna av rymdlivet tills produktionen hade stoppats på anläggningen. Efter det hade hela stället övergetts och plockats på metalldelar.

General Aryk och navigationsanalytikerna hade bestämt att attacken på Gamma 4 hade börjat från den övergivna terminalen. Dark Fleet måste ha smugit tillbaka till området precis under våra näsor, och det gjorde generalen ursinnig. Det hade gjort mig arg också eftersom skeppen som sköt mot *Valor* hade kommit från Vion Hex terminalen. Där det fanns en Scythe fighter, fanns det ett näste. De var som insekter som levde i svärmar; eller det var i alla fall så jag såg dem. Jag ville eliminera alla som vågar försöka spränga min partner till rymddamm.

Det var vårt jobb att förstöra vem och vad som nu än fanns på Vion Hex terminalen och försäkra att inga mer attacker kom från den sektorn.

Som Arturri Team Tre, var jag och Jamie i *Valor* och kom runt den mörka sidan av Vion Hex terminalen för att skjuta mot deras kraftstation och kommunikationsdel, vilka förmodligen användes för att koordinera attackerna av Dark Fleet. Jag hade varit här förut, åratal sedan, när den fortfarande var i bruk.

Av de tre teamen, hade jag och Jamie det minst farliga jobbet med den lägsta chansen för aktiv strid. General Aryk hade varit imponerad av Jamies flygning under den första striden, men han hade ingen brådska att kasta in henne i hettan av saker. Hon behövde tid att anpassa sig.

Eller fan. Jag behövde tid att anpassa mig. Att se henne och vara med henne på uppdrag under träningssimulationen var inte alls nära intensiteten av att vara med henne i en strid på riktigt. Och eftersom vi hade parats och jag hade fått en smak av hennes passion, hade jag upptäckt en possessivitet jag aldrig hade trott att jag hade. Jag hade varit den som hela tiden hade sagt till henne att det var på riktigt, det här kriget. Men tills min partner hade blivit beskjuten och vårt skepp hade träffats och skadats, hade det inte varit helt på riktigt för mig heller. Eller inte *lika* på riktigt. Jag hade så mycket mer att förlora nu.

Jag hade ingen aning hur något matchat par var framgångsrika i strid, för jag kämpade med en skyddande sida med varje andetag. Att frivilligt låta Jamie flyga på uppdrag var helt motsatt av vad jag ville göra med henne, vilket var att binda henne till vår säng så att jag visste att hon var säker och skulle fortsätta vara det. Jag höll det för mig själv för inte bara skulle General Aryk skälla på mig, men Jamie skulle inte bli glad av att jag skulle *tillåta* henne att göra något.

Sanningen var, vi åkte inte mot den mörka, till synes ödsliga delen av Vion Hex terminalen för att Jamie inte kunde hantera den potentsiella striden som kanske skulle komma, men för att jag inte var redo att riskera hennes liv på det sättet igen. Inte utan fler träningsflygningar, mer tid för hennes kropp att anpassa sig till rymden.

Mer tid för henne att bli kär i mig. Jag hade tagit henne tre gånger. Tre gånger hade hon gett sig över till mig fullständigt, med frigjordhet och en explosion av passion som jag hade misstänkt hade funnits inom henne. Hon hade varit precis där med mig, hade samma behov och var lika hetsig för bandet, för njutningen vi hade hittat i varandra. Min kuk hårdnade, och jag var tvungen att justera mig i mitt säte för att bli bekväm. Stridsredo var inte tiden för det att hända, men jag tänkte på Jamies smak, de lilla stönande ljuden hon gjorde precis innan hon kom, känslan av hur hon mjölkade sperman från min pung. Hennes doft, som till och med nu, fyllde mitt huvud.

"Vi är nära målet," sa Jamie till befälhavaren på basen, och jag justerade mig igen. Jag tänkte på drottning Rayas fula ansikte, och det hjälpte att lugna min kropp.

Vi flög in över en obemannad station utan något utöver våra vapen på vår starfighter. Hex terminalen var tusen gånger större än vårt lilla rymdskepp, men Jamie kunde ta sig runt alla terminalens vapen lätt. Jag hade sett henne göra det under träningen. Jag hade varit vid hennes sida då och skulle vara det nu.

Jag kunde inte slappna av, inte här. Inte med Jamie jämte mig. Ändå kunde jag inte låta bli att tänka att det här uppdraget hade kommit i en perfekt tid. Den jävla attacken på Gamma 4 fungerade konstigt nog till min fördel. Nave och Trax, båda fortfarande på Syrax, hade meddelat att de var på väg till ett möte som tydligen skulle ledas av den jävla Velerianska förrädaren, den som hade avslöjat läget av vår Starfighterbas till drottning Raya. Den som i slutändan hade varit ansvarig för min brors död. Hans svek hade dödat min bror, och så många andra. Underminerade hela Velerions militär.

Eftersom jag inte kunde vara undercover med dem på Syrax längre, skulle jag göra allt jag kunde för att se till att de fick den extra tiden de behövde. Även om det betydde att jag var tvungen att dölja mitt jobb med dem från General Aryk och varenda person på Arturri, inkluderat Jamie.

Förrädaren var skicklig. Han kunde vara vilken Velerian som helst, generalen inkluderat. Jag hade varit undercover i månader med Nave och Trax. Vi tre tillsammans hade försökt att få fast honom men hade fortfarande inte klarat det. De följde den bästa ledtråden de hade fått på flera veckor. Förhoppningsvis var Trax och Nave i slutet av jakten.

Att hitta förrädaren betydde att vi skulle rädda liv, inkluderat Jamies. Hon var min högsta prioritet nu. Hon var min partner. Min älskare. Min stridspartner. För generalen, var hon ett av hans starkaste vapen. Jag skulle hålla henne säker för det var min plikt och, ännu viktigare, av girighet. Jag var girig för varenda blick, varenda kyss.

"Jag har kommunikationstornet och kraftverket på skärmen," sa Jamie jämte mig medan hon saktade ner vårt skepp för att matcha hastigheten av den slöa hexterminalen. "Det här är enormt. Det är som en internationell flygplatsterminal som svävar i rymden."

Jag visste inte vad det var, men jag hade en känsla att hon sa den referensen mer för sig själv än för mig.

"Laddar upp missilerna." Jag förberedde de två vapnen som speciellt hade monterats på *Valor* i förberedelse för det här målet. De var större än de vi vanligen hade, och skulle skapa omfattande kratrar på baksidan av det här svävande megaskeppet. Om vi hade tur, skulle de slita isär hela stället.

"Målet erhållet," sa Jamie.

Mitt finger hölls på dödsknappen när de andra Starfighters kommunikationer hördes i våra hjälmar.

"Starfighter Ett och Tre, det finns inget här." Gustars röst hördes högt och tydligt.

"Upprepa, Starfighter Två," sa Jamie. Hennes mörka ögon mötte mina, och flyttades sedan till hexterminalen. "Vi tittar på godsterminalen framför oss. Den är tom. Inga skepp och skannern indikerar att det inte finns några livsformer."

"Attacken på Gamma 4 kom härifrån," la jag till, stirrade på megaskeppet. Min hjärna bearbetade vad Gus hade sagt.

"Det här är *Triton*." Det var Zeke i Starfighter Ett. "Vapenarsenalerna är tomma, och det finns ingenting i tillverkningsdelen. Jag instämmer med Gustar. Det kanske fanns en skvadron här för attacken på Gamma 4, men de är borta nu. De måste ha vetat att vi skulle komma."

Förrädaren. Han måste ha tipsat dem. Igen.

"Shit," mumlade Jamie för sig själv, upprepade mina exakta tankar.

"Vi borde spränga den," sa Ryziz. "Vi har bekräftat att det inte finns några livsformer. Dark Fleet kommer bara att återvända, och den är så massiv att de kan använda den som en bas igen senare."

Jag sneglade på Jamie.

"Du bestämmer," sa hon. "Du vet bättre än jag."

Jag nickade. "Jag instämmer, Starfighter Två. Men vi är på andra sidan. Det är en sak att förstöra sektioner av en hexterminal i den här storleken, men hela saken? Bråte skulle spridas som ett asteroidbälte och vi kommer fastna i det. Det kommer också att driva in i flygkretsloppen runt Arturri. Vi borde förstöra den från den här sidan och sedan kan bråtet vara i vägen för Syrexs flygmönster."

Jag hörde ett skratt genom hjälmen. "Bra tänkt, Starfighter Tre."

Jamie gav mig en nickning, och jag såg något som såg ut som stolthet och beundran i hennes ögon. Hon litade på mig. Här i rymden men även i vår säng.

Jag tog ett djupt andetag och fokuserade på uppgiften.

"Ni och Starfighter Ett, omgruppera er till mötesplats två," beordrade jag. "Vi ansluter oss till er där efter att vi förstört hexterminalen."

"Uppfattat," sa Ry. "Vi ses på mötesplatsen. Starfighter Två avslutar."

"Överenskommet," sa Zeke. "Starfighter Ett stänger av."

"Ska vi förstöra vapenstationen först?" frågade jag Jamie när kommunikationen var över. Vi var ensamma kvar med en övergiven hexterminal.

"Du läser mina tankar," sa hon.

Jag flinade. "Jag tror att det är vad du sa igår kväll, under din tredje... nej, jag tror det var din fjärde orgasm."

"Uppför dig." Jamies befallning förstördes av det glada flinet i hennes ansikte. Jag visste mycket mer om hennes kropp än om hennes hjärna. Men jag hade tid att lära mig.

Jamie var tyst ett ögonblick och skannade mörkret. "Nu gör vi det här så vi kan åka härifrån. Det börjar krypa i min hud."

Jag visste vad det betydde. Det var en av sakerna hon hade valt att programmera in i hennes träningssimulation, och jag hade hört hennes röst använda precis den tonen många, många gånger.

Hennes instinkter, till och med i simulationen, hade sällan varit fel.

"Avlossar." Jag tryckte på avlossningsknappen och såg på med tillfredsställelse när de två missilerna täckte den långa distansen på några sekunder och sprängde kommunikationsstationen och de angränsande kraftstationerna till bitar av rymdbråte.

Vi såg på i ett ögonblick i den kusliga tystnaden.

"Det är för tyst här," viskade Jamie. "Även med de där delarna förstörda, är det... för lätt. Jag menar, vi glömmer någonting."

Jag stillnade, bearbetade hennes känslor, och gjorde dem till verklighet. Det kröp i min hud nu, alarm sköts upp och ner min ryggrad när jag uppdaterade skannern ännu en gång. Fan. "Ingenting är här. Vilket betyder—"

"Vi måste härifrån," avbröt hon för att säga. "Sätt propellrarna till... Åh shit."

Hennes röst avtog när ett stort krigsskepp kom runt sidan av hexterminalen. Två mindre vapenskepp, som båda kunde förinta oss med ett tryck på en knapp, var på var sida om krigsskeppet.

"Hur kunde vår skanner inte se dem?" frågade hon, hennes händer flög över kontrollerna. När de fortfarande inte gav oss någon info, fortsatte hon. "Berätta för mig att det där inte är en Dark Fleet armada med sina störningsapparater på. Det kan det inte vara eftersom vi pratade med de andra teamen. Så vad är det?"

Jag svalde hårt. Mitt hjärta bultade. Det här var inte bra.

Det här var verkligen inte bra.

"Det är ett befälhavarkrigsskepp. Minst hundra Scythe fighters ombord. De mindre skeppen har kanoner stora nog att förinta oss och har tjugo eller trettio fighters i varje." Jag kollade min skanner igen. "Jamie, stäng av alla vapen. Vi blir kallade."

Hon skakade på huvudet. "Nej."

"Jamie."

"Nej. Vi kan ta oss ur det här. Jag har sett värre saker."

"Nej." På en och samma gång, poppade alla fiendens skepp upp på vår radar. "Fan. Vi har redan tio Scythe fighters bakom oss, två vapenskepp, och ett fullt beväpnat krigsskepp framför oss. Börjar du en strid, dör vi. Stäng av," röt jag till.

"Fan också. Jag hatar det här som fan." Hon slog sin hand på kontrollen.

"Vi lever för att kämpa ännu en dag." Förhoppningsvis.

"Jag kan trycka på gasen, och vi kan åka härifrån."

Jag övervägde hennes idé i en fraktion av en sekund. "Nej. Inte med tio Scythe fighters. Om det bara var en eller två, skulle jag hålla med. Men inte tio. Och det krigsskeppet har långdistans spårningsmissiler. Vapenskeppen är nästan lika snabba som oss. Vi kan inte åka ifrån dem och deras missiler. Även med vår störningsapparat på, behöver de bara att en Scythe fighter hittar oss för att avlossa."

"Så vad gör vi?" Hon tittade på mig, hennes ögon frenetiska och fulla av strid. "Ger upp? Kommer de inte bara döda oss?"

Jag gnisslade mina tänder, visste vad som behövde göras. Fan också. Det här skulle inte gå bra. "Stäng av." Det fanns bara ett sätt att rädda Jamie nu. Ett. Och jag skulle förmodligen förlora henne för alltid, men hon skulle i alla fall vara vid liv och hata mig.

"Okej." Jamie stängde av sina vapen, och jag gjorde likadant.

"Jag öppnar upp kommunikationskanalen."

"Okej."

Om vi överlevde det här, skulle jag förbjuda henne att använda det ordet.

"Starfighters, några sista ord innan vi gör slut på er?" En retlig röst hördes i våra hjälmar.

Jamie stånkade i sitt säte. "Jag har några ord till honom, helt klart."

Jag höll upp min hand, handflatan mot henne, och pratade tydligt så att det inte skulle bli några missförstånd. "Krigsskepp Raya Tre, det här är befälhavare fem-sju-nio-ett-sju som rapporterar. Skjut inte. Jag upprepar, skjut inte. Säg till drottningen att jag har en gåva till henne. Den första Starfightern från jorden."

Jamies huvud svängde runt för att titta på mig. Hennes ögon var stora, hennes mun öppen. Hon förstod inte. Kunde inte bearbeta vad jag hade sagt. För att jag använde min undercoverpersonlighet för att försöka köpa oss lite tid. För drottning Raya, var jag en förrädare av Velerion, en värdefull dubbelagent. För att hålla Jamie vid liv, var jag tvungen att spela den rollen en gång till och låta henne tro att jag var lika hemsk som mannen jag spenderat månader på att försöka hitta.

"Alexius?" frågade den mörka rösten. "Vi trodde du hade försvunnit."

"Negativt. Pratar jag med General Surano?"

"Ja. Fortsätt."

"Det här är Alexius. Informera drottning Raya om min gåva. Jag tror att hon kommer bli nöjd."

"Alex, vad håller du—"

Jamies viskande förvirring avbröts av generalen. "Förstått. Välkommen tillbaka. Jag ska informera drottningen personligen. Bra jobbat."

"Tack så mycket, min herre." Jag kunde inte titta på min partner. Kunde inte ta smärtan och besvikelsen i hennes ögon.

"Förbered för motorlåsning. Vi kommer dra in er. Ett felsteg och vi skjuter." Generalen såg mig som en allierad, men varningen visade att han inte litade på någon.

"Förstått. Motor av." Jag stängde av vårt skepp, vartenda system utöver livsstödet så att Jamie inte skulle få några idéer.

Jag avslutade den externa kommunikationen och stirrade rakt fram ut genom cockpittaket.

"Vad i helvete var det där?" begärde Jamie.

"Förlåt."

"Vad menar du, förlåt?" Hennes röst hade inget hårt i sig. Hon var i chock. Förbluffad. Sviken.

Jag tittade på henne; jag var tvungen. Det kanske var sista gången jag fick chansen att göra det. Jag spelade ett dödligt spel. Ett felsteg och en eller båda av oss skulle dö. Hon måste tro att jag var fienden. Det var det enda sättet nu.

Att se till att Jamie trodde på att jag hade svikit henne var lika smärtsamt som en kniv i min mage, men jag hade inget annat val. Jag var tvungen att såra henne. Hon var tvungen att tro på det. General Surano och drottning Raya var inte dumma. De skulle se genom henne direkt om hon inte hatade mig med varenda cell, vartenda uns av passion och kamp hon hade i sin krigarkropp.

Jag förväntade mig att se smärta i hennes ögon.

Istället möttes jag av blind ilska. "Vad i helvete har du gjort, Alex?"

"De har bättre vapen än oss och är bättre på alla sätt och vis. De visste att vi skulle komma. De väntade på oss. Det här var en fälla. De var i bakhåll."

Hennes mörka ögonbryn höjdes samtidigt som hennes röst. "Och? Det betyder inte att vi ger upp."

Vårt skepp ryckte till i ett ögonblick när energistrålen låste fast oss och drog oss mot säkerheten—och fängelset —på krigsskeppets godsterminal. Rycket gjorde inte att hennes blick bröts från min.

Jag sträckte mig mot henne för jag kunde inte motstå. "Partner, snälla."

"Sluta. Rör mig inte för i helvete." Hon lutade sig så långt bort från mig som hon kunde. "Du stängde av skeppet. Nej, inte bara det, du *känner* dem. Jag är din... vad? Gåva? Åt fienden? Du lurade mig som fan. Du *använde* mig."

"Förlåt." Fan, det var jag. Hennes ord, hennes ilska och hat gjorde ondare än vad något fysiskt sår någonsin kunde. Av de orden, skulle jag dö. Det här var en smärta jag var tvungen att överleva för den skulle inte döda mig. Även om jag önskade att den gjorde det.

"Sluta säga det, skitstövel. Jag kan inte fatta det. Du är en av dem? *Du* är förrädaren? Jag litade på dig!" Jag hörde tårarna i hennes röst, tårar jag inte kunde se. "Du är precis som alla andra. Jag kan inte fatta att det här händer. Till och med utomjordingar är skitstövlar. Perfekt. Helt jävla perfekt. Jag borde aldrig ha lämnat min lägenhet med dig."

"Jamie," började jag.

"Är du eller är du inte med fienden?"

Det enorma skeppet drog oss närmre, och svalde sedan *Valor* hel som rovdjuret hon var.

"Nå?" frågade hon.

Jag tittade henne i ögonen, tvingade mig själv att säga orden. "Jamie Miller av jorden, jag är en av dem. Du kanske är min partner, men du är den första Starfightern. Velerions mäktigaste vapen. Och nu tillhör du drottning Raya."

12

*J*amie, Säker Cell 642, Asteroid Syrax Bas

DET HÄR VAR INTE BRA. Det här var verkligen, *verkligen* inte bra. Jag hoppade upp från pseudo-sängen som var karvad i stenväggen och raskade runt i det lilla utrymmet. Alla väggar av den här cellen utom en var av sten, som om någon hade sprängt ut en del av asteroiden för att göra den omöjlig att rymma från. Den andra återstående väggen hade blå laserstrålar som var i våglinjer ungefär var trettionde centimeter. Jag kunde höra dem fräsa. Jag hade ingen aning om hur starka de var, om det var som ett elektriskt häststaket, eller en tunnelbanas tredje spår. Jag tänkte inte ta reda på det.

Det fanns ingen filt, inga bekvämligheter alls, som om man inte skulle vara här tillräckligt länge för att behöva något. Eller så kanske de inte brydde sig om hur deras fångar hade det i det långa loppet.

Så mycket hade hänt sedan jag hade anlänt på Velerion. Hade det bara gått mindre än två dagar? Jag hade väckts från sömnen—på jorden—för att finna Alex vid min dörr. Min stridspartner i ett tv-spel. Han berättade för mig att det inte var ett spel, utan en träningssimulation och att jag var *den* enda personen som hade klarat den hittills.

Jag var den första Starfightern.

Gud, jag måste ha blivit blind av Alex snygga utseende för jag brukade ta längre tid på mig att välja en bh än vad det tog för mig att gå med på att åka med honom till en *annan planet. En annan planet!*

Kanske hade jag tänkt med mina hormoner. Mina bröstvårtor hade pratat åt mig. Något som fick mig att känna mig mindre som en idiot för att jag hade gått med på att åka ut i rymden.

Jag stannade till, morrade, och snurrade sedan runt och gick de tre meterna åt andra hållet. Han hade sagt att vi hade ett parband. Vi hade sagt löftena. Han stack mig i min nacke. Jag hade en tatuering som matchade hans.

Jag stannade och satte min hand på stället. Jag hade fortfarande inte ens sett den!

Sedan hade jag haft sex med honom, efter en liten hångelsession i kontrollrummet. Jag hade varit med på det och gett min tillåtelse. Inte en gång men två. Den andra gången, hade vi gjort saker hela natten. Mer än en gång. Antalet orgasmer och ställningar—

Gud, jag var värre än min mamma! Hon valde män lika snabbt. Helvete, hon hade till och med skaffat en tatuering med mannen lika snabbt. Och hon hade också lurats.

Igen. Och igen. Det var som om jag bokstavligen inte hade lärt mig någonting de första sexton åren av mitt liv. *Lita på heta män. Om orgasmerna är bra, behöver du inte använda din hjärna.*

Fy! Jag ville slå mitt huvud mot stenväggen. Ännu hellre, ville jag slå Alex huvud mot stenarna. Mot golvet. Med mina knytnävar. Jag hatade honom och jag var kär i honom och det lilla faktumet fick mig att avsky mig själv nästan lika mycket som jag hatade honom. Nästan.

Visst, min mamma hade gjort misstag. Fast mamma hade inte åkt till en annan jävla planet. Och mamma hade varit jävligt full när hon tog med sina idioter till pojkvänner hem. Jag hade varit helt nykter hela tiden, vilket betydde att jag hade ett klart huvud. Bra omdöme. *Viiiiisst.*

Åh, och hon hade inte varit med en man som visade sig vara... en dubbelagent? En spion? Definitivt en skit-stövel. Alex var Veleriansk, men han var på de hemska folkets sida. Han *gav* mig till drottning Raya. Åkte bokstavligen fram till hennes ytterdörr och levererade mig.

Hah! För en gångs skull, var jag paketet!

Jag skrattade, strök en hand över mitt ansikte. Jag var tvungen att gå igenom det hela igen för det borde vara i en bok.

Den perfekta mannen hämtade mig och tog med mig ut i rymden, knullade mig till att tro på allt han sa, och levererade mig sedan till den onda drottningen så att jag inte bara kunde tjalla om Velerion, men om jorden?"

Tjalla eller dö.

Inga Starfighterskickligheter skulle ta mig ur det här. Jag kunde inte flyga mig själv till frihet från den här cellen. Jag kunde inte lova någonting, för jag skulle definitivt inte låta henne spränga vare sig Velerion eller jorden.

I helvete heller. Jag skulle inte ge henne Mia och Lily, som skulle följa mig snart. Eftersom de skulle klara träningsprogrammet, skulle de förmodligen vara de första hon skulle döda.

Efter mig, såklart.

Alex hade inte bara svikit mig. Han hade svikit sin planet, och de andra planeterna som skulle komma efter. Varenda framtida Starfighter som gjorde träningsprogrammet nu skulle bli mål.

Jag var arg. Ilsken. Upprörd. Hur vågar han vända sig mot sådana bra personer! Visst, människor var också skitstövlar, men det betydde inte att de behövde få sin planet sprängd.

Jag satte mig på stensängen igen. Besegrad. Krossad. Jag hade litat på Alex. Tryckt bort all min logik när det handlade om honom. Helvete, min kropp värkte fortfarande av hur grundligt han hade tagit mig kvällen innan.

Ett bundet par var bara en term. Partner en titel. Inget mer. Jag kanske var bunden till honom genom Veleriansk sed, men han var inte min mer än vad jag var hans. Han *gav* mig till drottning Raya.

Jag skulle hellre dö än att kräla tillbaka till honom på något sätt. Och, det verkade som att dö skulle bli det bästa valet.

————

ALEXIUS, *Privat Hem, Asteroid Syraxbas*

"MIN PARTNER KOMMER ATT DÖ," sa jag, ilsken. Jag snurrade runt på min häl, drog ner allt på bordet framför mig. Papper och tallrikar flög iväg, kraschade på golvet. Nave och Trax blinkade inte. De hade varit undercover tillräckligt länge att ilska inte ens upprörde dem. Det var jävligt svårt att låtsas att vara ond hela tiden när du i ditt hjärta, djupt i din själ, längtade efter godhet. Efter frid.

Vi var i vårt delade hem på Syrax, som vi fått när vi först hade anslutit oss till Dark Fleet. Vi gömde oss inte på asteroidbasen. Vi blev välkomnade för att de trodde att vi var lojala till drottning Raya. Förrädare av Velerion.

Jag hade varit precis som dem, låtsats att vara en dubbelagent, gett dem information som var försiktigt vald av min befälhavare under flera månader. Bara tillräckligt för att få dem att tro att vi var förrädare, men inte tillräckligt för att sätta något i fara på Velerion. Vi hade varit tvungna att bli vänner med medlemmar av Dark Fleet. Bära deras jävla uniformer. Jobba arslet av oss för att integrera oss i samhället här på Syrax, försiktigt lära oss om vad planerna för Velerion och resten av universum var. Drottning Rayas plan för makt var vad mardrömmar var gjorda av.

Och de var ofta i mina.

Jag var tvungen att lämna Syrax för att hämta Jamie från jorden. Jag hade såklart inte berättat anledningen varför jag gjorde det för dem. Jag hade ljugit för General Surano, min ledare på Syrax, och hade sagt att jag hade kallats tillbaka av General Aryk, min befälhavare på Arturri. Det var en lögn. Jag hade inte varit stationerad på Arturri innan Jamie hade klarat träningsprogrammet. Jag hade blivit betrodd för att jag hade varit duktig på mitt jobb. Duktig på att låtsas att vara en dubbelagent. Enligt Dark Fleet, var jag en av dem. Bara det fick min mage att vända sig eftersom det pekade på att jag svek mitt folk. Jag kunde komma och gå som jag ville, gav dem information, åt med dem. Firade framgångsrika attacker, skrattade åt dödsfallen av Velerianer som min bror.

Nu, med leveransen av en Starfighter, älskade de förmodligen mig. Min lojalitet skulle ses som en säker sak. Jag hade oavsiktligt gett drottning Raya priset. Den första Starfihgtern från en ny planet, tränad av ett nytt system. Ett system hon inte borde känna till.

Men hon visste på något sätt. General Surano hade specifikt nämnt jorden när de hade dragit Jamie, sparkandes och bråkandes, till sin cell.

Inte bara hade jag gett dem en Starfighter, men den andra hälften av ett bundet par. Om inget annat, hade jag bevisat hur skoningslös och oberörd jag var för hon var också *min* partner.

"Den där överraskningsattacken på Gamma 4 häromdagen blev uppmärksammad," sa Trax, han satt bakåtlutad i sin stol och korsade sina armar. "Det gick inte som hon ville. Raya förlorade tre Scythe fighters och en rymdfärja full av laserkanoner den dagen. Hon var inte glad."

"Speciellt när ryktena kom att förstörelsen hade orsakats av ett Starfighterpar. En *ny* Starfighter," la Nave till.

"Fan också." Jag hade blivit van att se Trax och Nave i sina mörkgråa Dark Fleet uniformer. Jag hade bytt om till en matchande. Jag hatade den, materialet gjorde att det kröp i min hud, men det fanns inget annat val.

Speciellt nu. För att hålla Jamie vid liv, var jag tvungen att låtsats att vara förrädaren istället för att hitta den riktiga.

"Jag kan inte hjälpa att hon är så skicklig," röt jag till. Min hjärna syftade på mer än att bara flyga. Hon var otrolig i vår säng också, tillfredsställde mig med sin beröring, sina stön av njutning. Mina tankar fick mig att spänna ihop min käke.

Naken under mig, hade hon varit så fin. Söt. Oskyldig. Obefläckad av Dark Fleet.

Nu satt hon i en cell någonstans i de nedre nivåerna av den här stenen. Ensam. Väntades på att dö.

"Ryktena om den mystiska Starfighterns skickligheter spriddes snabbt över Syrax och Dark Fleet." Nave lutade sig framåt, händerna på sina knän. "Raya ville ha svar, så hon började jaga."

"Är det därför hon hade en armada väntandes i bakhåll på oss vid Vion Hex terminalen?" frågrade jag.

"Hon visste inte att den nya Starfightern från jorden var bunden till dig. Men om Jamie inte hade varit så bra i striden mot Scythe fightersarna på Gamma 4, hade hon aldrig fått drottningens uppmärksamhet." upplyste Trax.

Jag satte mina händer på mina höfter. "Om hon inte var så bra, skulle de där Scythe fightersarna ha dödat oss båda och förintat basen."

Nave ryckte på axlarna. "Hon var för bra. Hon stod ut. Och nu, tillfångatagen, är din partner det ultimata priset. Ett vapen att använda mot samma folk som gjorde henne så skicklig som hon är."

"Jamie skulle aldrig attackera Velerion."

"Är du säker på det?" frågade Trax.

Jag nickade bistert. "Jag är säker. Men nu vet drottning Raya om Starfighter Träningsakademi, att vi rekryterar Starfighters från andra världar för att fylla på rangen. Tränar dem i sina hemvärldar. Hon vet om allt."

"Du hade inget val," sa Nave. Trax nickade i medhåll. De var ett muskulöst par, båda uppvuxna i den södra hemisfären. Medan Nave var ljus, var Trax mörk, i hår och hud.

Jag strök en hand över mitt ansikte, suckade.

Nave fortsatte. "Det var antingen att gå tillbaka till din undercoverroll och överlämna Jamie för att köpa tid, eller bli sprängd i bitar."

Jag försökte ta djupa andetag och hantera min ilska och frustration. Jag måste rädda Jamie, men hur? Jag måste få bort henne från den här helvetiska asteroidbasen och tillbaka till Arturri. "Jag kan inte tänka mig vad hon tycker om mig. Hon var så jävla tillitsfull."

"Det är vad ett parband är," sa Trax, fastän han inte var bunden till någon. "Två halvor, en hel."

"Hon gav sig själv till mig, litade på mig på alla sätt och vis. Och sedan gav jag *henne* till drottning Raya. Det ultimata sveket. Inte bara kommer Jamie dö, hon kommer dö troendes att jag använde henne."

"Sluta prata med din kuk och börja använd ditt huvud. Det finns tre av oss. Nave och jag kommer inte någonstans med att hitta förrädaren. Jag hatar att han är så jävla duktig på det." Trax raskade runt i det lilla utrymmet medan Nave och jag såg på. Han hade rätt. Jag tänkte inte klart, kunde inte det när det gällde Jamie.

"Jag ska äta middag med drottningen och General Surano," mumlade jag. Jag var inte säker på om jag kunde få ner någon mat.

"Fan. Bjöd hon in dig till sitt bord? Det var något nytt." Nave lät chockad.

"Vi får hoppas att hon inte bjuder med mig till sitt privata hem efter middagen." Jag ryste av ryktena vi alla hade hört om drottningens aptit för att utöva smärta när hon hade sin njutning. Visst om det var något man gillade, men det gjorde jag inte. Jag ville inte ha någon kvinnas händer på mig förutom Jamies. Slut på diskussionen.

"Jag är säker på att Raya vill skryta om hur hon har Jamie i en cell. Kanske du kan fundera ut vad hon planerar? Kanske kan vi bryta ut din partner härifrån och få bort er två från den här stenen?" Trax slutade raska för att titta på mig. "Vad som än krävs. Jamie ska inte dö och inte du heller."

"Du borde vara stolt över henne. Fan, jag är stolt över henne, och vi har inte ens träffats ännu. Hon vägrar att böja sig för drottningen." Nave skakade långsamt på sitt huvud. Han ställde sig upp och satte sin hand över där emblemet skulle vara om han hade haft på sig sin Velerianska uniform.

"Hon är en äkta Starfighter," sa Trax.

Jag höll med. Min stolthet över henne var djup. Hon hade stått inför det ultimata beslutet, att välja mellan döden eller att ge över allt som kunde förstöra inte bara Velerion och jorden, men en lång linje av planeter som drottningen planerade at erövra.

"Ni inser att om jag förråder drottningen och tar Jamie, är ni två så gott som döda."

Trax nickade. "Då måste vi helt enkelt åka med er."

"Men att hitta förrädaren då? Ni kommer kasta bort flera månaders jobb."

"Fan ta honom," sa Nave. "Vi kommer fortfarande fånga honom, det kommer bara ta lite längre tid."

13

*J*amie

JAG SOMNADE. Jag hade ingen aning om hur eftersom sängen som var gjord av sten var långt ifrån bekväm. Kylan från den kändes i mitt skelett. Och jag skulle bli avrättad, såklart. Det borde ha hållit mig vaken, men nej.

Jag hade bara insett att jag var helt borta när det konstanta hummandet och fräsandet av laserväggen tystnade.

Jag poppade upp och ryckte till, rullade min nacke.

Sedan hoppade jag upp på mina fötter av synen av Alex. Fast kraftfältet fortfarande var avstängt, stod han på den andra sidan av vart det skulle varit. Han var inte ensam. En kvinna stod en liten bit framför honom. En skräckinjagande kvinna helt klädd i grått som de andra

Dark Fleet uniformerna, men hon hade på sig någon slags kappa som gick till hennes anklar. Den spetsiga kragen på den var en blandning mellan något Maleficent från en Disneyfilm och någon med en dålig vampyrkostym skulle bära.

Så det här var drottning Raya. Hennes bild hade visats i *Starfighter Träningsakademi*, men den hade inte varit detaljerad. Det var som om de varit tvungna att skapa hennes avatar från endast en bild, inte från riktiga kroppsskannar. Det var vettigt eftersom det verkade som om hon inte ens hade vetat om idén att rekrytera från andra planeter tills Alex levererade mig till henne.

Jag chansade på att hon var i femtioårsåldern. Hennes svarta hår var bakåtstruket från hennes ansikte i en låg knut. Hennes ögon var slående och mörka, men det var blicken i dem som skrämde skiten ur mig. De var lika kalla som stensängen jag hade sovit på. Hennes ansikte var uttryckslöst. Jag såg inga vapen på henne, men det var två vakter som hängde i bakgrunden, förmodligen redo att göra vad för skumma saker hon än befallde dem att göra.

Jag tvivlade på att hon hade en partner överhuvudtaget. Om hon gjorde det, var mannen en dörrmatta. Jag undrade om hon hade älskare, och i så fall, om de frös till döds när de tryckte in sin kuk i henne.

"Du ser inte ut som en Elite Starfighter," sa hon. Hennes röst var djup och hes, som om hon rökte tre paket cigaretter om dagen.

Jag tog ett steg mot henne, lyfte min haka. Jag var så jäkla rädd, men jag tänkte inte visa det. Det hade inte funnits några lektioner om att bli fångad av fienden. Inga konvenansregler att använda när man pratade med en ond drottning.

Jag visste en sak dock. Det hade inte ens fallit mig in förrän nu. Hon skulle inte döda mig. Det kunde hon inte. Inte om hon ville ha detaljer om jorden, om simulationen, om exakt hur många framtida Starfighters som kanske kommer att assistera Velerion. Baserat på populariteten av spelet hemma, gissade jag på att bokstavligen flera miljoner människor spelade det för tillfället.

Miljoner. M-I-L-J-O-N-E-R. Visst, jag var bra på tv-spel, men det var också många andra människor. Jag visste inte vad som gjorde, det så svårt att flyga en starfighter för så många inhemska Velerianer, men jag hade inga tvivel på att det förmodligen fanns tusen hardcore gamers som var nära att klara spelet. Så, ja, fan ta den här bitchen.

Vetandes allt det, tog jag ett djupt andetag och sa. "Du ser inte ut som en drottning."

Hon sög in ett andetag, och hennes mörka ögonbryn höjdes till bågar. Alex käke spändes, men jag gav honom inte mer än en snabb blick. Han var inte värd min tid eller min uppmärksamhet.

"Jaha, jaha. Jag undrade hur en människa skulle vara. Nu vet jag. Otrevlig och oförskämd."

Jag korsade mina armar över mitt bröst som om jag inte var förolämpad. Det var jag inte. Jag hade kallats mycket värre saker av människor som mottar paket.

"Tack."

"Jag ska erbjuda dig en sista möjlighet, Elite Starfighter. Gå med i Dark Fleet eller dö."

Jag tittade upp i det kala taket av cellen och slog lätt

med mitt finger på min haka som om jag tänkte djupt. "Du kommer inte att döda mig."

"Jo, det kommer jag."

"Nej, det kommer du inte," kontrade jag.

Hon skrattade då, med huvudet bakåtslängt. "Byte, berätta för mig varför jag inte ska låta din partner bryta din nacke här och nu?"

Jag såg det diskreta spännandet av Alex muskler, men han rörde sig inte utöver det.

"För jag är ingen nytta för dig död," sa jag till henne. "Du vill ha information om Velerion. Om träningsprogrammet som skapats för att rekrytera nya Starfighters. Om du dödar mig, får du inte dina svar."

"Jag kan få dem och sedan döda dig."

Jag ryckte på axlarna. "Är du säker på att du kommer få all information du behöver? Jag menar, jag är den *enda* i hela galaxen som har tagit examen från programmet. Jag är den enda som har gått igenom den nya träningen, steg för steg. Som du vet, förintade jag en skvadron av dina fighters den första gången jag flög mitt skepp."

Hennes ögon smalnade. "Du vågar håna mig?"

Jag ryckte på axlarna. "Jag pekar bara ut svagheten av dina hot. En stark ledare hotar inte något som hon inte kan fullfölja."

Om rök kunde komma från hennes öron, skulle det göra det nu. Hennes ögon smalnade ännu mer, och jag visste att hon hatade mig. Hatade Velerion. Hon var ond på djupet. Och jag hade precis trotsat och förödmjukat henne.

Var jag dum? Förmodligen, men jag var i en cell. Den värsta utkomsten var att jag skulle dö. Vilket jag trott hade varit hennes avsikt hela tiden. Kanske kunde jag köpa mig själv lite tid. Kanske... något. Jag var ensam här. Alex var bara någon meter bort, men han kunde lika väl vara på andra sidan galaxen med all hjälp han skulle vara.

Hon vände sitt huvud mot Alex. "Visste du att din partner var så här mycket problem? Man skulle kunna tro att träningsprogrammet skulle ha en bättre urvalsprocess."

Alex sa inget i ett ögonblick, och ryckte sedan på axlarna. "Det är bara ett spel för människor." Han vände sitt huvud och tittade på mig, hans mörka ögon mötte mina. "Visst, Jamie Miller av jorden? Som jag sa hela tiden, det var bara ett spel att spelas. Inget mer."

Min mun öppnades av hans ord. Ljudet av dem var spetsat med avsky. Tomhet. Men meningarna var inte vettiga.

"Alexius, eftersom du känner henne så väl, kommer du leda förhöret." befallde drottningen. "Se till att det är färdigt innan morgonen. Döda sedan henne." Hon tittade på mig, hennes huvud vändes som en piska. "Du är den *första* Starfightern, Jamie Miller av jorden. Inte den *enda*."

"Jag vill acceptera din inbjudan att äta middag med dig, min drottning, innan jag börjar förhöret." Alex sänkte sitt huvud av respekt för hennes ställning, och jag ville klösa ut hans ögon. Och kyssa honom. Och gråta. Men jag gjorde inget av det.

"Självklart." Hon vände sig och gick iväg, hennes kappa svepte runt hennes anklar. De två vakterna följde efter. Alex gav mig en sista intensiv blick, och följde sedan efter. Lasergallret sattes på igen, och hummandet återvände, lämnade mig ensam igen med bara mina tankar.

Jag fastnade vid de enda sakerna Alex hade sagt. Det var bara ett spel. Han trodde inte på det. Faktumet var, han hade varit orubblig om och om igen att det var den totala motsatsen. Så vad hade han menat, och varför hade han sagt det?

lexius

DEN FINASTE MATEN I VEGASYSTEMET SMAKADE SOM ASKA OCH LERA. Delikatesserna som erbjöds på drottningens bord var inte vanliga på Syrax, i alla fall inte under månaderna jag hade varit här undercover. Faktumet var, under hennes styre, var de flesta folket i hennes hemvärld halvsvultna och började bli galna.

Inte för att hon brydde sig om sitt folk. Drottning Raya hade en kärlek, och det var makt.

Makt över Velerion.

Makt över den nya Starfightern på jorden.

Makt över mig.

Jag hade försökt att hålla mig borta från hennes vy under den största delen av middagen, mitt mål hade varit att vara osynlig och tyst när det gällde henne. Tyvärr var jag inget av det nu. Hon tittade åt mitt håll, glimten i hennes öga var en jag inte önskade läsa av noggrant. "Jag blev förvånad att höra att du var den som kom hit med vår nyaste gäst, Alexius."

Jag tog en enorm klunk av det mörka vinet för att köpa tid och dölja min ilska och avsky. Det var nästan omöjligt att hålla sig lugn och verka oberörd. Min partner var i en cell på en underjordisk nivå av den här jävla asteroiden. Ensam och rädd och definitivt arg på mig. "Jag gav dig mitt löfte, min drottning."

Hon snurrade sitt vin i sitt glas och stirrade på mig med ögon lika vänliga som en orms. Det bådade inte väl för mig. Om hon ville ha... *mer,* skulle jag förväntas att ge henne det. Om det var något som gjorde min kuk mjuk och min pung att krympa, var det drottning Raya.

"Det gjorde du. Jag gillar överraskningar. Jag är chockad att Velerion har vänt sig till sådana radikala längder för att rekrytera fler Starfighters." Ett långsamt, ont leende formades av hennes läppar. "Det indikerar att förstörelsen av deras fleet och team faktiskt var en förödande smäll. Jag erkänner, ni Velerianska förrädare är skoningslösa. Jag måste komma ihåg att tacka Delegat Rainhart personligen."

Hon lyfte sitt glas med vin till sina läppar men skrattade flera långa sekunder innan hon drack. *Delegat Rainhart?* Jag blinkade och kämpade med att lyssna genom min ilska, mina fingrar spändes till hårda knytnävar under bordet. Hade drottningen precis sagt namnet på förrädaren över en jävla middag? Delegat Rainhart? Som från den Velerianska Delegaten? Ledarna med mest förtroende och respekt på vår planet?

En Veleriansk delegat var ansvarig för förintelsen av Starfighterbasen? För döden av min bror och hans partner?

Rainhart. Jag kände inte till hans namn, hade aldrig träffat mannen, men jag skulle se till att han dog en långsam och smärtsam död.

"Lyssnar du på mig, Alexius? Ett träningsprogram från långt borta. Efter prestationen Starfightern gav igår... jag var imponerad. Du imponerar mig, Alexius, med ditt dubbelspel. Att jobba i min rang hela den här tiden och sedan leverera Starfightern till mig omedelbart. Bra jobbat. Vi måste agera nu, innan fler som hon anländer och gör att vågen tippas till Velerions fördel."

"Det är mitt nöje att vara till tjänst, min drottning." Jag sänke mitt huvud i en akt som hon skulle se som undergivenhet, men mitt motiv var helt enkelt att dölja hatet i min blick. Galla kom upp i min hals, och jag svalde syran istället för att berätta för henne vad jag faktiskt tänkte.

"Hon tittar på dig med så mycket hat nu. Om någon någonsin ifrågasatte din allians tidigare, behöver de inte göra det längre. Jamie Miller av jorden avskyr dig!" Hon slängde bak sitt huvud och skrattade muntert.

Jag gnisslade tänderna igen. Jag hade gjort det här mot mig själv. Mot Jamie. Det enda positiva i ögonblicket var att hon fortfarande var vid liv... och att jag hade fått reda på namnet av den riktiga förrädaren. Nu kunde Nave och Trax ta sig ifrån den här jävla planeten utan ånger.

Några minuter till och drottningen skulle ta sin senaste hög med älskare till sitt privata hem och lämna mig med den otrevliga uppgiften att framtvinga information från Jamie genom tortyr—eller vad som än krävdes.

Jamie hade typ sagt till drottningen att hon skulle dra åt helvete. Lågan av stolthet i min partner var så djup att jag nästan kvävdes av den. Hon skulle hellre dö än att ge upp Velerion. Hon hade varit på Arturri i mindre än två dagar och hon var lojal. Hängiven.

Om jag inte fick bort oss alla från den här jävla röran, skulle hon dö. Vi skulle alla det. Jag hade sagt till henne att jag skulle skydda henne, och jag gjorde ett skitdåligt jobb. Jag skulle inte låta henne ta sitt sista andetag troendes att lögnerna jag hade varit tvungen att dra i flera månader var sanna. Jag skulle begå självmord då, mitt liv skulle vara över. Jag var tvungen att vänta, ge Nave och Trax tid på sig att komma i position. Jag måste följa planen. För att försäkra mig om att vi skulle komma bort från den här asteroiden, inte bara för Jamie, men också för Nave och Trax.

Drottningen skrattade åt något personen vid hennes andra sida viskade i hennes öra, och jag antog att middagen var färdig. Mitt tålamod belönades när hon satte ner sitt glas med en suck som förmodligen kom från uttråkning. "Passa upp på mig."

Hon gav befallningen till hela rummet, men det var hennes fem personliga vakter som hoppade upp för att tjäna henne, dra ut hennes stol, erbjuda henne assistans för att komma upp på sina fötter. Det var inte för att hon var svag. Nej, långt ifrån det. Det var för att hon var för jävligt stark.

Hon gled sina armar under vakternas erbjudna armbågar och vände sig mot mig med de två männen på var sida. "Du har tills imorgon bitti på dig att få fram vad jag vill ha. Starfightern måste gå med på att ansluta sig till mig. Om du misslyckas, kommer jag inte döda henne, fast hon kommer önska döden—men jag kommer att ta slut på dig."

Fasa fyllde min mage, lika kallt och tungt som den här jävla stenen vi var på.

"Självklart, min drottning." Jag pratade klart och tydligt men jag höjde inte mitt huvud. Hon gav mig en tillfredsställd grymtning och indikerade att hennes vakter skulle eskortera henne från rummet. Hennes kolfärgade kappa svepte runt hennes ben.

Ögonblicket hon var borta ur sikte, ursäktade jag mig själv från bordet, irriterad men inte förvånad när två av drottningens kvarvarande vakter ställde sig upp för att följa efter mig. Jag kunde inte vara osynlig eller tyst längre, verkade det som.

"Jag behöver ingen hjälp," sa jag till dem.

"Såklart inte." Den högre rankade vakten pratade för dem båda. Han slog mig på axeln. Mina ögon öppnades stort av den bekanta gesten, men jag sa inget. "Vi är bara här för att observera."

"Visst." Jag hade inga tvivel på att de skulle sända min tortyrsession med Jamie direkt till drottningens privata hem. Jag hade hört rykten om henne under de många veckorna jag hade spenderat undercover—faktumet att hon njöt av att åsamka smärta, eller se på hur en av hennes tjänare gjorde det, var huvudsakligen bland dem.

Lyckligtvis hade jag förväntat mig att få sällskap. Den första Starfightern var en stor nyhet. Någon att studera. De var tvungna att dissekera fiendens vapen. I det här fallet, var vapnet en vacker mänsklig kvinna.

Jag ignorerade de två vakterna medan jag tog den långa vägen för att komma till innandömet av asteroidbasen och tillbaka till Jamie. Att leda de två vakterna precis dit jag ville ha dem var en del av planen.

Tjugo steg in i den långa korridoren, stängdes ljuset av i den här sektionen. Det var inte kolsvart, men det var en överraskning. För de som inte förväntade sig det.

Drottningen, i hennes fortsatta brist på tillit, hade inte gett mig ett vapen. Jag vände mig på min häl och slog till den äldre vakten på sidan av käken med en knytnäve. Han föll som en fura.

Fan, det där kändes bra.

Hans kompanjon märkte knappt rörelserna innan en perfekt riktad kniv flög genom luften för att träffa honom i mitten av hans bröst. Hans ögon vidöppnades när han lutade sig fram och greppade tag i skaftet av bladet. Jag tog vapnet från hans lealösa hand och drog ut det, avslutade hans liv. En kniv var ett uråldrigt vapen, men det var tyst och skickade fienden till helvetet utan att dra till sig uppmärksamhet. Ljuden från en laserpistol skulle inte bara höras, men hettan av det skulle kännas av genom basens sensorer.

Med kniven, gjorde jag snabbt mig av med den andra vakten, som verkade vakna till.

"Bra jobbat, gamle vän."

Jag vände mig om av det bekanta ljudet av Traxs röst. Jag var i stridsfokus, men jag var glad över att se hans bekanta—och vänliga—leende. "Det är trevligt att se dig. Din timing var perfekt."

"Om ni två älskare kan sluta flörta med varandra, vi måste få ut de här två ur korridoren." Nave stod i den nu öppna dörröppningen av en verkstad. Trax och jag lyfte en död man vid axlarna och drog in dem.

"Bra." Nave rörde en kontrollpanel på sin handled, och ljusen i korridoren sattes på igen. "Det tog mindre tid än vad det tar att räkna till tio. Kanske kommer vi inte dö idag ändå."

"Ingen ska dö för fan." Jag lutade mig över de båda vakterna och undersökte om de hade några vapen eller kommunikationsapparater, tog allt jag kunde och delade upp de mellan oss tre. Jag torkade bort blodet från bladet på den döde mannens uniform, och gav sedan tillbaka den till Trax. "Här. Ta de här vapnen." Jag behöll ett för mig själv. "Vi måste få Jamie härifrån vid liv."

"Oroa dig inte. Vi ska få din partner bort från den här stenen," försäkrade mig Trax om.

"Jag kommer inte att åka härifrån utan henne." Vilket betydde att om hon dog, skulle jag också det.

"Vi vet. Vi vet, Starfighter." Nave slog till mig i ryggen. Den här gången var gesten given, jag ville inte döda. "Rör på er. Vi slösar tid."

"En sak till. Förrädaren är Delegat Rainhart. Kom ihåg det jävla namnet. Rainhart." Om jag dog, behövde jag försäkra mig om att informationen klarade sig tillbaka till Velerion.

"En jävla delegat?" Trax lät lika ilsken som jag hade varit.

Nave boxade väggen med sin knytnäve. "All den här tiden och du fick reda på det? Hur?"

"Drottningen skröt om honom på middagen. Hur han hade hjälpt till att förgöra vår fleet och förstöra Starfighterbasen." Jag kollade energinivån på mitt nyfunna lasergevär. Fullt laddat. Perfekt.

"Fan också. Den bitchen." Trax var ursinnig nu, hans

hud mörkare, hans puls bultade en synlig rytm vid början av hans hals. "Vi slösade månader, och hon bara säger hans jävla namn över en middag?"

"Ja. Nu rör vi på oss."

Jag lyfte min hand till kontrollerna och öppnade den lilla dörren. Så fort den gled upp, rörde jag mig tyst ner för korridoren mot Jamies cell, mina två vänner bakom mig. Om vi sågs, skulle allt gå fel. Vi var välkända på asteroidbasen. Alla visste att jag var den som hade levererat den ökända Starfightern, visste att drottningen hade beordrat att jag skulle tortera henne, och visste att jag var tvungen att få henne att gå med på att ansluta sig till Dark Fleet eller se henne dö.

Vi kom fram till Jamie på några minuter, men Trax och Nave skingrade sig och försvann. Som planerat, gick jag in i utrymmet som om det var förväntat att jag skulle vara där. Vilket det var. Vakterna vid ingången till fängelset nickade mot mig när jag gick förbi. "Var är dina eskorter, Alexius? Eller borde jag säga Elite Starfighter?" De artikulerade Veleriontiteln som om den var giftig. Ett skämt för dem. De hånade mig. Det gjorde mig bara ivrig att döda dem, vilket jag vägrade att göra innan det var rätt tid. Inte nu. Inte när jag var såhär nära att frisläppa Jamie.

Jag rörde mig framåt för att gå förbi dem, men vakten till vänster sänkte sitt vapen för att blockera min ingång. "Jag sa, var är dina eskorter, Starfighter?"

Kanske var de inte så idiotiska som jag hade hoppats. "Drottningen bestämde att hon behövde några fler män i sin säng ikväll," ljög jag. Det var ett faktum att det kunde hända, bara inte ikväll.

De två vakterna tittade på mig i tystnad. Jag stirrade

tillbaka tills en av dem flinade. Den andra, som lättades av den andra vakten, skrattade. "Vi har hört talas om drottningens aptit."

"Och har sett resultaten," höll den första vakten med om med en axelryckning.

Jag lutade mig närmre för att viska, jag sympatiserade verkligen. "Jag skulle inte vilja bli inbjuden till hennes säng. Jag föredrar att hålla mitt blod *i* min kropp."

"Gå in då." Den andre vakten tog ett steg åt sidan. "Och ta inte hela jävla natten på dig, heller. Vi måste stå vakt tills du är färdig med henne."

"Ni två? Varför? Har ni inte skift?" frågade jag.

Den första vakten skakade på huvudet. "Inte ikväll. Vi har varit med vår drottning sedan början. Hon litar på oss, så vi är här tills du är färdig. Fattar du?"

"Ja."

"Och slösa ingen tid. Om du inte kan knäcka henne, är jag mer än glad att hjälpa till."

Erbjudandet spände varenda muskel i min kropp och jag värkte efter att vrida hans huvud till hans nacke bröts, men nu var inte tiden.

Vänta, Alexius. Vänta.

"Jag ska ha det i åtanke." Jag gick förbi de två vakterna och in i fängelseavdelningen. Jamie var den enda fången i den här avdelningen, hölls isolerad, tungt vaktad, och ensam.

"Jamie." jag gick mot hennes cell och stängde av laserbarriären. Det heta hummandet försvann, tystnaden var runt oss.

Hon lyfte sitt huvud där hon satt på stensängen. Fan, hon var vacker. Den Velerianska uniformen passade varenda kurva jag visste till perfektion. Hennes hår hängde långt och tjockt över hennes rygg. Hennes ansikte hade inga känslor. Inga tårar. Ingen ilska. Lika uttryckslöst och tomt som utrymmet hon var i. Helt obekvämt och kallt. Inte en plats för min partner att vara på i en sekund till.

Hennes blick riktades mot den inspelande kameran i taket. Det var en liten apparat, vilket de alla var på basen. Faktumet att hennes mörka ögon var riktade mot den betydde att hon visste att den var där. Jag måste hoppas att den enda ledtråden jag hade kunnat ge henne om sanningen blev förstådd. Jag behövde få henne att förstå att jag kunde litas på, att det jag gjorde, fast de förhoppningsvis var övertygande, var på låtsas.

Fastän vi var äkta partners på alla sätt och vis nu, hade vi bara känt varandra på riktigt under en kort tid. Tillit från henne gavs försiktigt, och jag hade förstört den lilla hon hade gett mig, precis som vi hade försökt att förstöra hexterminalen.

"Vad vill du, Alex?" Hennes röst ekade genom de ogenomträngliga väggarna. "Är du här för att tortera mig? Varför berättar du inte bara allt för drottningen själv? Du kanske var här på den här dumma asteroiden, men du var jämte mig hela tiden. Du vet, i—"

"Spelet?" Jag sa ordet som var ledtråden till sanningen. Jag höll andan, tittade henne i ögonen. Omedelbart mjuknade det, om än bara lite.

Hon visste. *Hon visste.* Lättnaden gjorde mig nästan snurrig.

Jag gick närmre henne, vände mig så att min rygg var mot kameran. Jag lutade mig ner och pussade hennes panna. Ingen skulle kunna se gesten för hon var så mycket mindre än mig. De skulle inte heller se det lilla vapnet jag gav henne.

Jag ville göra mer än att försiktigt röra mina läppar vid hennes hud, andas in hennes doft, men jag vågade inte.

"Det var aldrig ett spel," viskade hon. "Vad tog dig så lång tid?"

Spänningen i mitt bröst försvann lite.

"Senare. Nu måste vi få dig bort härifrån."

Ett skott från ett lasergevär träffade golvet jämte min boot. "Jag visste det. Sa ju att han var förrädaren."

Den första vakten som hade varit vid entrén talade, hans vapen riktat mot Jamie. "Tänk inte ens tanken."

Den andra tryckte på knappen på väggen och återaktiverade laserbarriären, stängde in mig på insidan med Jamie. Jag kanske hade ett vapen, men jag kunde inte göra något. Jag kunde skjuta en av dem, men han skulle inte dö omedelbart. Det fanns inget att skydda oss när den andra vakten avrättade oss inne i stenkammaren.

"Alex?" frågade hon.

Jag ställde mig emellan henne och skitstöveln som pekade ett lasergevär mot hennes huvud. "Jag skulle lägga ner det om jag vore dig."

Mina ord hade ingen tyngd. De två vakterna utbytte en blick, och skrattade sedan, väl medvetna om det. "Du är verkligen dum."

"Är jag?" Jag höll uppe mina händer, handflatorna utåt. "Sista chansen. Lägg ner dem och ni kommer att leva."

Vakten närmst kontrollpanelen skrattade och avlossade ännu ett skott mot mina boots. "Ring drottningens vakter. Låt dem veta att vi har ännu en förrädare här nere."

Den första vakten lyfte sin hand för att trycka på sin kommunikationskontroll, men han föll ner död innan han ens hunnit trycka på knappen.

"Vad i—"

Ett andra tyst skott avslutade frågan innan den andre vakten var färdig. Han trillade ner död ovanpå sin vän medan Trax sprang till kontrollpanelen och avaktiverade laserbarriären. "Kom igen, Alexius. Vi kommer ha hela basen efter oss om några minuter."

Jag ignorerade Trax, vände mig mot Jamie. "Är du okej?"

"Ja. Jag var så—"

"Förlåt." Det här var inte tiden eller platsen, men jag var tvungen att säga det. Jag kunde inte vänta en sekund till för att ställa saker till rätta.

Hon satte sin hand på min underarm. "Jag förstår. Du hade inget val. Och jag var tvungen att tro på det annars skulle drottningen sett genom mig. Men fan alltså, Alex!" Hon lutade sin panna mot mitt bröst. "Gör aldrig det där mot mig igen. Någonsin."

"Överenskommet." Inte på grund av att jag inte skulle göra det här tusen gånger till för att skydda henne, men på grund av att efter det här, skulle inte en sådant här trick fungera igen. Mina undercoverdagar var över.

"Jag är fortfarande arg."

"Noterat." Jag lyfte hennes haka med en försiktig beröring och pressade mina läppar mot hennes i ett snabbt ögonblick. "Du kan skrika på mig senare."

"Tro inte att jag inte kommer göra det."

"Jag får dig hellre att skrika för en mer njutningsfull anledning."

"Nu sticker vi, ni två." Trax kastade det stora lasergeväret till mig som jag hade tagit från den döda vakten. Jag fångade det i luften. Jag tittade ner på det mindre som jag hade gett till Jamie.

"Kan du hantera det?" frågade jag.

Hon ryckte på axlarna men verkade inte rädd för geväret. "Ser ganska vanligt ut. Jag klarar det nog."

Jag kysste henne igen. Jag var tvungen.

"Kom ut här nu för fan!" skrek Nave åt oss tre från utsidan av cellutrymmet där han hade väntat för att stå vakt. Trax sprang mot utgången och gled på ett knä när han kom nära öppningen, siktade och sköt så snabbt att jag inte försökte att hålla takten med han.

"Håll dig bakom mig," befallde jag Jamie medan jag anslöt till männen i striden. "Vi måste ta oss till stationen och *Valor*. Det är vår enda väg härifrån."

Skjutningen var över på några sekunder, och jag höll ut min fria hand mot Jamie för att hon skulle komma till mig. Jag klämde hennes handflata och hon kom för att ställa sig vid min sida. "Håll dig nära." Jag tittade på Trax. "Nu går vi."

Vi hade tränat tillsammans i månader. I luften. Vi var inte marksoldater. Men Jamie och jag var ett team.

Trax sprang så snabbt han kunde, korsade det lilla öppna utrymmet innan han försvann ner i en andra korridor. I slutet av det långa utrymmet fanns en hiss som skulle ta oss till stationsdelen.

Jag nickade mot Jamie, och vi sprang tillsammans över det öppna utrymmet, Trax och Nave täckte oss från de korsande positionerna. När Jamie och jag säkert kommit till korridoren, täckte vi Nave när han sprang för att ansluta sig till oss. Han gled till att stanna precis innanför korridoren, och jag greppade hans axel. "Du stängde av GravEx energistrålen, eller hur?"

Han nickade, hans andning ryckig. "Sprängde varenda säkring i panelen. Även om de hittar den, kommer det ta en reparationstekniker åtminstone en timme att reparera och få igång den."

"Utmärkt." Jag vände mig till Jamie. "Hur mår du?"

Hon slickade sina läppar och sneglade på oss alla tre en efter en innan hon höll sin blick på mig. "Jag är okej. Är GravEx den där traktorstrålsgrejen som drog in oss i krigsskeppet?"

Traktor? Jag hade ingen aning om vad ordet betydde, men jag förstod vad hon menade. "Ja, en tyngdkraftsändrande energistråle. Den strålen träffar ett skepp och det går inte att få tillbaka kontrollen."

"Men den är avstängd nu?"

"Ja," bekräftade Nave. "Den är trasig."

"Bra. Ta mig till mitt skepp och så tar jag oss härifrån. Ni räddade mig, så nu är det dags att jag räddar er tillbaka."

"Duckandes laserkanoner och Scythe fighters?" frågade Trax, ett flin fick hans mungipor att vändas upp.

Hon log och jag blev ännu mer kär i henne. "Barnlek."

Trax tog henne vid hennes ord och sprang iväg. Vi följde efter. Vi klarade oss till hissen utan några händelser och gick in i den. Dörrarna stängdes, och Nave tryckte på knappen som skulle ta oss upp.

"Det är sex nivåer upp härifrån." Han tog ett steg bakåt och riktade sitt vapen mot de stängda dörrarna.

"Jag har ingen kontroll över hur många gånger vi stannar. Eller vem som kommer vara på andra sidan av dörrarna varje gång de öppnas."

Vi fattade vinken, radade upp oss, riktade våra vapen mot dörren.

Två nivåer.

Tre.

Hissen saktade ner vid den fjärde nivån. Dörrens larm plingade. Dörren gled upp för att avslöja tre ingenjörer som väntade på att gå in. Vi sköt samtidigt.

De föll ner, döda.

Folk skrek. Sprang.

Hissens dörrar stängdes, och vi var i rörelse igen.

Ett alarm ekade i det lilla rummet, och Jamie lyfte sina händer för att täcka sina öron.

"Jesus, det där är högljutt," skrek hon.

Jag brydde mig inte om oljudet. Vad jag brydde mig om var den långsamma rörelsen av hissen. Vi stannade helt mellan den femte och sjätte nivån.

"Fan!" skrek Nave.

"Håll käften och hjälp till," sa jag. Jag ställde mig på ena sida av dörrarna, Trax och Nave på den andra. "Tryck," befallde jag.

Jamie stod med sin rygg mot den bortre väggen, lasergeväret riktat mot taket av hissen, vilket jag tänkte var dumt tills en panel flyttades åt sidan och en av drottningens soldater lutade sig in i det öppna utrymmet, med vapnet först.

Jamie tog slut på honom med ett skott, och han föll, livlös, till golvet vid hennes fötter. Hon sneglade från den döda mannen till mig, och lyfte sedan sin blick och sitt vapen mot taket igen. Jag antog att hon verkligen kunde hantera det.

"Det är bäst att ni skyndar er."

Trax grymtade när vi alla jobbade på dörrarna för att tvinga upp de. "Om Nave inte druckit så mycket Velerion ale, hade vi haft de här dörrarna öppna nu."

"Du dricker mig under bordet varenda gång, gamle man," kontrade Nave med ett flin.

Jag tog ett djupt andetag medan Jamie sköt igen mot taket. "Håll käften för fan och *TRYCK!*"

Dörren öppnades lite, men det var allt vi behövde för att tvinga upp den resten av vägen. Metallbjälkarna som stöttade den övre nivån var framför oss, bara tillräckligt med utrymme mellan de zick-zackande bjälkarna för oss att krypa igenom.

Trax klättrade ut för att leda oss, och jag höll ut min hand till Jamie medan Nave anslöt till honom. De vände sig och hjälpte Jamie medan jag lyfte upp henne mot dem och följde efter. Utrymmet var lågt och trångt. Vi var mellan nivåer, fast alla på basen visste exakt var vi var. Jag höll ett öga bakom oss när vi rörde oss framåt i mörkret. Vakter skulle skickas att följa efter oss.

Mullret av springande fötter som bultade över golvet ovanför våra huvud fick damm att trilla loss och peppra våra kroppar med små bitar av sten och smuts.

"Var är Lily när jag behöver henne?" frågade Jamie.

"Vem är Lily?" frågade Trax, utan att sakta ner.

"Hon är en nära vän. Hon skulle slå hela det här stället till spillror och skratta när hon gjorde det."

Jag skrattade. Jamie hade inte fel. Jag hade sett uppdragsinspelningar av simulationerna Jamie hade klarat med sina vänner, Lily och Mia. Både kvinnorna skulle vara imponerande allierade.

En stråle av lasereld träffade stenen till höger om mig, och jag duckade medan bråte sköts ut mot mig från träffen. Jag vände mig så långt jag kunde i det trånga utrymmet, jag sköt tillbaka tills jag såg soldaten precis bakom mig falla mot marken, rörde sig inte. Att dra ut honom från det trånga utrymmet skulle sakta ner dem lite.

"Där är det!" Trax vände sig åt vänster, kröp över och genom sammanvävda metallbjälkar. Vi följde efter, långsamt, och fann oss själva hopkurade under ett galler som verkade som att det öppnades upp till nivån över. Trax lyfte änden av sitt lasergevär till panelen men öppnade inte den. "Om jag har rätt, öppnas den här upp direkt in i godsterminalens kontrollrum. Ett normalt skift har fyra kontrollbefäl."

"Fyra hemska män. Förstått." Jamie tittade Trax i ögonen. "Kör. Nu gör vi det här."

Trax tittade inte på mig efter bekräftelse, och jag insåg att Jamie hade förtjänat hans respekt. Inte bara hade hon inte brutit ihop framför drottningen, men hon hade räddat oss i hissen. Att höra om en ny Starfighter som tog slut på Scythe fighters var inte samma som att se henne i rörelse. På marken, med ett vapen hon aldrig hade rört förut.

Jag ställde mig jämte Trax, vi lyfte panelen och sköt den åt sidan i en rörelse. Jamie och Nave poppade upp genom öppningen bara tillräckligt för att öppna eld.

Sammandrabbningen var över inom sekunder.

Jamie tittade ner på mig och nickade. "Vi är okej. Nu rör vi på oss."

Jag hjälpte henne medan Trax gjorde samma för

Nave. Jamie stod vakt när Nave hjälpte mig klättra upp genom öppningen i golvet. Jag hjälpte Trax när Nave gick mot kontrollstationen.

Han kollade på displayen. "De har inte flyttat *Valor*. Följ efter mig." Nave sprang från kontrollrummet och vi följde efter. Det dånande alarmet hade bleknat till bakgrundsoljud, hela mitt fokus var på att få oss till *Valor*. Vi måste överleva. Vi behövde låta General Aryk och de andra få veta om Delegat Rainhart. Och Velerion behövde Jamie, Starfightern, för att skydda planeten.

Fan. *Jag* behövde henne.

Vi sprang, turades om att springa från skepp till skepp, från låda till svetsenhet. Från gömningsplats till gömningsplats medan hela basen utbröt i kaos runt omkring oss.

När vi kom nära nog att se *Valor*, duckade Jamie bakom en låda och svor. "De har henne fastkedjad."

Trax kikade över toppen på den närliggande lådan och duckade ner igen. "Hon har rätt. Vi kommer behöva skjuta av kedjorna innan vi kan lyfta."

"Och sedan hoppas på att de inte fixat GravEx strålen," sa Nave.

"Och klara oss ombord utan att bli förintade," la jag till.

Jamie brast ut i skratt, och vi alla stirrade på henne som om hon hade tappat det, vilket bara fick henne att skratta ännu mer. "I *spelet*, Alex... uppdraget på Asteria. Kommer du ihåg det?" Hon kollade laddningsnivån av sitt vapen medan hon pratade. "Först tar vi oss in i skeppet. Jag startar henne medan ni tre förstör kedjorna med era gevär."

"Det är ett litet mål," sa Nave.

Jamie tittade upp på honom. "Sikta smått, missa smått."

"Va?"

"Det är från en film. Det var inget." Hon höll sitt vapen vid sin sida och kikade upp på vårt skepp. "Missa inte bara." Jamie gav oss inte tid till att argumentera. Hon sprang iväg i full fart mot skeppet.

Valors biometriska skanner kände igen henne omedelbart och öppnade ingångsluckan. Hon dök in medan flera skott landade på utsidan av skeppet nära nog att bränna hennes hår.

"I helvete heller." Jag ställde mig upp och regnade döden över svärmen av soldater som kom springande mot oss. Trax anslöt, och vi rörde oss lika långsamt som halvtorkad sirap över golvet mot skeppet. Nave försvann in. "In!" befallde jag Trax.

Han löd men sköt av två av kedjorna innan han försvann in.

Jag sköt av två till, min Dark Fleet uniform absorberade två skott från sidan från våra attackerare innan jag klättrade in och tog min plats i andrepilotsätet.

"Ni två, öppna takluckan och skjut av resten av kedjorna," befallde Jamie. Med en snärt av handleden öppnades den lilla nödlägesluckan. Trax och Nave stod rygg mot rygg, sköt utanför skeppet.

Nave träffade sitt mål först. Han gled ner igen och spände fast sig i det lilla sätet bakom Jamies pilotsäte.

Trax var precis efter honom. "Färdigt. Nu åker vi."

"Förstått." Jamie startade motorn medan jag stängde luckan. Trax spände fast sig i sätet bakom mig, de två männens knän rördes i det trånga utrymmet. *Valor* är byggd för fart och styrbarhet, inte för passagerare, men jag tror inte att någon av dem kommer klaga.

Jamie tittade på mig. "Är du redo?"

"Alltid." Jag menade för mer än att bara flyga, och värmen i hennes ögon visade att hon förstod.

"Håll i er!" Hon justerade sig i sitt säte och gasade skeppet från att stå stilla till nästan full hastighet i ett andetag.

Nave svor när sidan av hans huvud slog i väggen.

Trax skrattade. "Du lyssnade inte, gjorde du?"

Jag hade vapensystemet uppstartat och gillade inte vad jag såg. "Fan också. Vi har sällskap."

"Hur många?" frågade Jamie medan hon styrde oss genom den stängandes terminalen. Hennes ton var en jag kände igen från vår träning. Laserfokuserad. Skarp.

"Alla." Vi sköts ut i den svarta rymden och direkt in i ett kaos. Scythe fighters svischade förbi över och under oss. Laserskott kom från minst fem håll. Det fanns inte en chans att drottningen skulle låta oss fly. En Starfighter och tre förrädare.

Jamie satte oss i en dykning, och vi alla andades en suck av lättnad när GravEx strålen inte låste fast oss och drog tillbaka oss in.

"Sa ju det," sa Trax. "Jag förstörde de där säkringarna. Förstörde dem som fan."

"Bra jobbat." Jag vände mig till Jamie. "Du kan inte strida mot dem alla." Jag avvarade en blick till våra passagerare.

Jamie sköt mot en Scythe fighter, lyssnade på mig men brydde sig tydligen inte ett skit. Hon började vända oss. Med en vridning av sin handled, snurrade hon *Valor* för att undvika två inkommande missiler. "Fick ni två reda på vem förrädaren är?"

"Ja, Starfighter. Drottningen delade den informationen med din partner."

"Seriöst? På middagen? Det är lamt." Hon sköt ännu en gång, och riktade sedan *Valor* mot den djupa rymden.

"Okej då. Nu åker vi härifrån för i helvete."

15

"VI GJORDE DET!" ropade Trax bakom Alex. Männen var stora och utrymmet bakom oss litet. Jag kunde inte se bakom de höga ryggarna av våra säten, men jag tänkte att de måste ha sina knän mot sina näsor. Men av lyckan som hördes i Traxs röst lät han inte obekväm.

Alex sträckte sig ut och satte sin hand på min axel, klämde den med sina fingrar. Jag tittade åt hans håll, mötte hans mörka ögon.

Jag hade ingen aning om hur lång tid jag spenderat ensam i den där stencellen. Det hade varit länge nog att tänka igenom allt Alex någonsin hade sagt till mig. Varenda handling. Nyans. Blick. Beröring. Allt. Sedan bearbetade jag vad han hade gjort... tillfångatagit mig och *Valor* åt drottningen.

Han var bra. Han borde få en Oscarstatyett, för jag hade trott på honom. Det hade förmodligen varit det som hade räddat oss alla. Jag hade blivit förkrossad av hans förmodade svek. Det fanns inte en chans att jag hade kunnat fejka det där. Men hans ord, *det är bara ett spel för människor*, hade varit så uppenbart felaktiga att det hade stoppat alla mina tankar utom en.

Varför?

Varför hade han sagt det? Varför hade han ljugit om det? Varför skulle han?

Det hade gett mig mina svar. Han hade gjort det för att hålla oss vid liv. Han berättade aldrig för mig vad han hade gjort innan jag klarade träningsprogrammet. Inte ett ord. Det hade också kommit upp i mitt huvud när jag tänkte igenom allt. Ett till 'varför'.

Varför hade han inte berättat för mig vad han hade gjort innan vi blev Elite Starfighters?

För han hade inte kunnat. För han hade varit tvungen att ljuga.

"Förlåt," sa han igen.

"Du var undercover," sa jag. Han nickade. "Med de två." Jag pekade med tummen över min axel.

"Jag var tvungen att ge dig till drottningen. Fan, det var det svåraste jag gjort i hela mitt liv." Hans ögon var dystra och lidande.

"Jag förstår."

Han skakade på huvudet. "Det gör du inte. Inte än. När vi är tillbaka på Arturri, berättar jag allt för dig."

"General Aryk kommer att vilja ha en rapport," kommenterade Nave.

Jag missade den från sammandrabbningen, medvetslös och allt, men jag hade en känsla av att det här skulle bli en lång en. Det var inte ofta det var tre dubbelagenter som avslöjades efter att ha lämnat över den första Starfightern från jorden och hennes skepp. Japp, han skulle bli arg.

"Fan," muttrade Alex. "Jag har andra planer för dig också, partner."

"Hey, vi är också i den här starfightern," sa Trax.

Alex käke spändes. "Skaffa era egna partners," sa han till dem.

"Kan inte bärga mig," muttrade Nave tillbaka.

"Vi är ute ur asteroidens luftrum. Bäst att vi kommunicerar det," sa Alex. Jag nickade och han fortsatte. "Arturri basbefäl, det här är *Valor*."

"Det här är Arturri bas. Vi har er på vår radar. Identifiera er."

Jag sneglade på Alex. "Det här är *Valor*. Vi flydde från Syrax och är på väg tillbaka till basen med två extra ombord."

"Vi har fått en befallning att skjuta-för-att-döda er, Elite Starfighter."

Fan. Jamie tittade på mig med stora ögon.

"Det här är Elite Starfighter Jamie Miller av *Valor*. Skjut inte. Jag upprepar, skjut inte. Inga fiender är ombord. Jag har två vänner med på flyget. Berätta för General Aryk att vi vet vem förrädaren är och att det är bäst att han inte låter oss skjutas."

Det var helt tyst en stund och jag höll andan. Jag hade inte ens tänkt på faktumet att Alex skulle ses som fienden efter vad han hade gjort. Jag gillade honom vid liv och skulle hålla det så.

"Skönt att höra, *Valor*. Arturri avslutar."

Lättnaden av det svaret gjorde mig nästan snurrig. Jag

hade varit i rymden en sådan kort tid, och ändå var jag redo att återvända till Arturri. Till mitt nya hem. Med Alex... som hade mycket att förklara. Vikten av hans förpliktelse hade varit så tung, de han hade burit själv och med Nave och Trax. Det måste ha varit så svårt med det ansvaret på hans breda axlar.

Jag respekterade honom... älskade honom ännu mer.

En röd lampa blinkade. Den som indikerade en ballistisk missil poppade upp på vårt rutnät. "Missilalert," sa jag, mina ögon fokuserade på displayen.

"Den är inte inkommande," sa Alex, tittade också.

"Avlossad från Syrax," kommenterade jag. "Den är inte ens på väg mot Arturri. Eller Velerion."

"Den rör sig snabbt. Det är en av deras IPBM."

"Åh shit," viskade jag. "Jag trodde inte att de fanns på riktigt." En IPBM var en interplanetär ballistisk missil. Det var som en atombomb som kunde åka genom rymden. Den var stor nog att förstöra en planet på en gång. *Starfighter Träningsakademi* refererade till den, men den var inte en del av ett uppdrag för det fanns *inget* uppdrag med en. Den avlossades och förstörde fienden med ett slag. En hel planet, en hel art, deras civilisation borta. Kriget skulle vara över.

"De finns på riktigt. Den här är på väg mot rutsystem sextiosju. Det är... åh fan."

Jag tittade på Alex, plötsligt panikslagen. Vi hade kommit från Syrax utan en svettdroppe i hans panna. Men nu... det här kunde inte vara bra.

"Vad?"

"Den är på väg mot jorden."

"Va?" skrek jag.

"En IPBM på väg mot din hemvärld?" frågade Trax.

"Drottning Rayas hämnd."

"Vi måste stoppa den!"

"En till nyss avlossad," sa Alex, pekade.

"Inkommande... inkommande. Velerion är under attack. IPBM om tre minuter." Rösten som hördes över kommunikationskanalen pratade snabbt.

"Kan vi skjuta ner dem från himmelen?" frågade jag.

Alex skakade på huvudet över mitt uttalande. "Ja, men vi kan bara åka efter en."

"Va?" Mitt hjärta slog praktiskt taget ut ur mitt bröst.

"Vi har bara en missil som kan förstöra en IPBM. Även om vi hade kunnat flyga snabbt nog, kan vi inte ta hand om båda."

"Vi kan krascha in i den andra med *Valor,*" insisterade jag. Inte för att jag ville åka på något slags självmordsuppdrag, men vi snackade om flera miljarder liv här.

Trax suckade bakom mig. "Den är stor, Jamie. Det här skeppet skulle studsa bort från den som en leksaksboll, och IPBM:en skulle inte ens saktas ner."

"Måste vi välja?" Hur skulle jag välja mellan jorden och Velerion? "Hur i helvete bestämmer jag vilken hemplanet som ska räddas?"

Tystnad fyllde skeppet under två sekunder; sedan började kommunikationskanalen explodera av aktivitet.

"*Valor,* det här är *Triton.* Vi lyfte precis från Arturri. Vi åker efter IPBM:en som är på väg mot Velerion. *Lanix* är trettio sekunder bakom oss och redo som backup. *Valor,* vi är för långt borta för att nå den som är på väg mot jorden."

"Uppfattat, *Triton,*" svarade Alex, och tittade sedan på

mig. "Vi är inte ensamma. Du kanske är den första Star-fightern, men du är inte den enda."

Jag nickade. På något sätt hade jag glömt det. "Ja, du har rätt. Tack gode Gud."

"Skjut ner den jävla IPBM:en," sa Nave. "Jag vill bli matchad med en människa som dig. Om din planet sprängs, så gör mina chanser det också."

Jag var tvungen att skratta, fastän det var en gigantisk missil på väg mot jorden för att spränga den.

"Boost om tre, två, ett." Jag väntade inte en sekund längre, vände *Valor* mot IPBM:en och tryckte på gasen, så snabbt som *Valor* kunde åka.

Visade sig att nära ljusets hastighet var snabbt. Hemskt, chockerande, brutalt snabbt.

Vi skippade några rutsystem på navigationspanelen och kom ifatt missilen på ungefär tre minuter. Luften hade pressats från mina lungor av trycket av rymdhoppet.

"Fan, jag krossade min näsa med mitt knä," sa Trax när jag drog ut oss.

"Där är den," sa Alex, ignorerade sin vän. Han pekade.

Den var på vårt rutsystem, men jag kunde också se vapnet genom vårt fönster. Männen hade haft rätt. Den var enorm, storleken av ett massivt lastplan som var på väg mot mitt gamla hem.

"Mål aktiverat. Låst," sa Alex till mig.

"Vad händer om vi missar?" frågade jag, orolig.

Han sneglade på mig. "Vi har bara en chans, så jorden sprängs i så fall."

Det här var den. Tilliten vi behövde med varandra. Han

sa att vi var låsta på en missil som skulle spränga jorden i bitar. Jag måste tro på hans skicklighet, precis som han alltid trodde på min. Det hade varit en kort tid jag hade trott att han var något annat, att jag hade haft fel i alla mina handlingar. Trott att välja att åka till Velerion på grund av en man betydde att jag var precis som min mamma.

Det var jag inte. Visst, jag hade hennes DNA, men inget mer. Jag hade aldrig fått hennes kärlek. Hennes hängivelse. Hennes tillit. Jag hade allt det och mer från Alex. Jag hade accepterat det efter bara några minuter när han hade kommit till min lägenhet, för jag kände i min mage att det var bra. Att *han* var bra.

Det var inte bara Alex jag litade på.

Jag litade på mig själv. Jag hade tagit beslutet för att jag var smart. Jag var inte ensam. Jag var en del av ett team med Alex. Vi var en enhet. Ett bundet par. Jag kanske hade varit en ensamvarg, men jag hade väntat. På det här. På nuet.

Jag litade på mig själv. Och jag litade på Alex.

"Som Nave sa, 'Skjut ner den jävla IPBM:en,'" sa jag till honom.

Alex nickade en gång, insåg vikten av mina ord. "Jag behöver att du håller denna distansen och hastigheten. Efter att jag skjuter, har vi bara några sekunder på oss att ta oss jävligt långt härifrån."

"Jag förstår," svarade jag, fokuserade på vad jag behövde göra. Träffa och sticka. Sticka väldigt, väldigt snabbt.

"Missillås aktiverat. Väntar. Väntar."

Väntar? Shit... det var som en film där spänningen fick mig att hålla andan. Överlevnaden av en hel värld hängde på det här ögonblicket. Och alla på jorden hade ingen aning om att de skulle dö.

Något stort kom upp på rutsystemet. Vi var fortfarande ljusår borta, men det skulle inte ta lång tid för IPBM:en att åka genom rymden och förstöra jorden. Inte med hastigheten den rörde sig i.

"Håll hastigheten. Jag måste träffa den i interstellära rymden. Där," pekade Alex. "Skjuter om tre, två—"

Jonkanonens avlossning sköt *Valor* bakåt, halverade vår hastighet. Kraften av den fick mitt huvud att ryckas framåt, och skickade oss sedan ut i en snurrning. Jag kom ihåg att vi var tvungna att komma långt bort från kraftfältet, så jag drog i kontrollerna och fick oss på banan, och flög sedan bort från missilen så snabbt som skeppet kunde åka. Vi var fortfarande vid liv, men aktiviteten hade tagit oss långt borta ur sikte från vårt mål.

"Vad hände med 'ett'?" frågade jag medan jag saktade ner *Valor* till en rimlig hastighet. Vi behövde spara på bränslet. Vi var nere på tio procent.

"IBPM:en var nära att åka genom sfären. Vi skulle ha förlorat vår chans."

"Fungerade det?" frågade jag, vände runt *Valor* för att se efter. Jag sneglade ut genom fönstret och ner mot rutsystemet. Ingenting. Ett stort, fett ingenting. Jag hade ingen aning om var vi var heller. "Nå?"

Han behövde inte ens svara. En så ljus explosion fyllde fönstret att jag var tvungen att stänga mina ögon och titta bort. Jag kunde till och med känna värmen från den. Ännu en gång, kastades skeppet iväg, som om det var fast i en tornado. Jag greppade kontrollerna och jämnade ut skeppet, tog oss igenom de värsta vågorna av kollisionen.

"Velerion, det här är *Valor*. IPBM:en på väg mot jorden är förstörd. Statusuppdatering om den andra missilen."

"Det här är Velerion. Missil förstörd. Återvänd till Arturri."

Nave och Trax hejade och ropade där bak. Jag flinade mot Alex. Han flinade tillbaka. Om vi inte var i det trånga, begränsade utrymmet av cockpiten och hade två Velerianer bakom oss, hade jag kysst honom. Hoppat på honom. Dragit honom till det närmsta kontrollrummet för att fira.

"Vi gjorde det," sa jag.

"Det gjorde vi. Vi är ett bra team," svarade han.

"Jag skulle satsa pengar på att drottning Raya är arg." Åh, vad jag hade älskat att vara en fluga på väggen tillbaka på asteroidbasen. Jag kunde se bitchens ansikte flammas upp rött av ilska. Kanske skulle hon ta sönder något. Få en stroke. Dö. Ja, att dö skulle vara bra.

Alex flinade. "Jo, det tror jag nog att hon är."

"Jag älskar att spela det här spelet med dig, Alexius av Velerion." Jag var kär i mannen. Upp-över-öronen, i-mycket-trubbel kär. Och jag brydde mig inte, vilket gjorde mitt lidande ännu värre.

Han flinade och himlade med ögonen. "Jag kan tänka på några fler spel jag skulle vilja spela."

"Vi är fortfarande här bak," påminde Trax. "Ta oss till Arturri och hitta ett rum. Med en dörr och bra ljudisolering."

Vårt rum skulle fungera, tänkte jag, och kollade sedan på navigationspanelen och vände *Valor* hemåt.

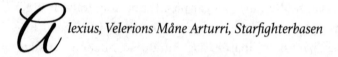

lexius, Velerions Måne Arturri, Starfighterbasen

JAG VILLE FÅ JAMIE TILL VÅRT HEM OCH NAKEN SEKUNDEN VI LANDADE *VALOR*. Jag hjälpte henne ner från cockpiten och såg till att Trax och Nave vecklade ut sig från det bakre utrymmet innan vi saktades ner av General Aryk. Medan alla andra klappade och hurrade över vår återvändo, såg han inte road ut.

Jag kunde förstå varför. Jag hade kommit till Arturri när Jamie hade klarat träningsprogrammet, bara en dag innan jag åkte till jorden för att hämta henne. Jag hade inte varit under hans befäl innan Jamies ankomst så han hade ingen aning om att jag hade varit på Syrax. Varit undercover. Försökt hitta förrädaren.

Han hade fått reda på det snabbt nog när vi hade hindrats vid hexterminalen. Såg förmodligen på navigatorns rutsystem hur vi hade omringats och blivit tagna till

Syrax. Hade lyssnat på kommunikationen, att jag hade gett Jamie till drottning Raya som en gåva. Jag hade inga tvivel på att han hade trott att *jag* var förrädaren.

Tack gode Vega att det inte var sant. Att en av hans egna skulle förstöra hela Starfighter Träningsprogrammet genom att lämna över den första som tog sig igenom det till fienden? Tanken gjorde mig illamående också. Den känslan var det som drev mig alla de där månaderna på Syrax. Vad som hade drivit Nave och Trax också.

Nave och Trax saluterade generalen, och jag drog Jamie till min sida. Jag kunde inte motstå. Det kanske inte var protokoll när man stod ansikte mot ansikte med en befälhavare, men han får hantera det. Den här gången.

"Vad i helvete är det som händer här?" Hans röst ekade genom den håliga skeppstationen. Hans hårda blick var fastklistrad på mig. Jag ryggade inte tillbaka. Jag blinkade inte ens. Han var rättfärdig i sin harang, men det betydde bara att vi hade gjort det bra. "Syrax? Jag kan inte bestämma mig om du är den jävla förrädaren eller om du bara är *riktigt* bra på ett jobb jag inte visste att du hade."

Leendena försvann från de välkomnande ansiktena runtomkring oss. Några vapen höjdes, väntade på en befallning.

"Vi flydde från Syrax," klargjorde Jamie.

"Ni blev tillfångatagna av drottning Raya," kontrade han, strök en hand över sin nacke. "Och det blev även *Valor*. En Elite Starfighter och hennes skepp... i fiendens händer."

Jamie ryckte lätt på axlarna. "Tekniskt sätt så *gav* Alex mig till henne. En gåva."

Det var möjligt att generalen morrade. "Är du den jävla förrädaren? Den som sprängde basen och dödade alla Starfighters... din egen bror bland dem?"

Exakt hur sjuk och vrickad trodde generalen att jag var?

"Jag är inte förrädaren. Innan Starfighter Jamies ankomst, jobbade jag med UT. Vi tillfångatogs i ett bakhåll, General. Jag gjorde vad jag behövde för att rädda Jamies liv. Lyckligtvis gav drottningen själv mig förrädarens identitet."

Generalens ögon öppnades stort. Det var möjligt att jag faktiskt hade förvånat han. Flämtningar och viskningar omringade oss. Det här var stora nyheter. De största i Velerion på över ett år, sen den ursprungliga attacken. *Alla* ville veta vem som hade sålt ut sitt eget folk. Militären *och* civila. "Mitt kontor. Nu!"

Han snurrade runt på sin häl och gick iväg, förväntade sig att vi skulle följa efter. Han stannade, vände sig. "Är någon av er döende?"

Jag rynkade på ögonbrynen när han tittade på oss fyra. Vi skakade på våra huvud.

"Bra. Medicinavdelningen *efter* rapporten."

Han vände sig igen och fortsatte gå.

Nave och Trax gav mig blickar, och gick sedan efter honom. Han var en ledare som brydde sig. Arg för tillfället, men en bra man. Hederlig.

Jag sneglade ner på Jamie och stannade. "Är du okej?" frågade jag, ville försäkra mig att jag inte hade missat någon skada i vår snabba flykt... eller från tidigare, när hon var en fånge. Hon var min prioritet, inte General Aryks humör. Om hon behövde gå till medicinavdelningen för något annat än att hon var döende, skulle hon göra det.

"Jag är okej," svarade hon.

Jag tog ett steg bakåt, tittade på henne från topp till tå, och lutade mig sedan in för att viska i hennes öra. "Jag kommer att göra en noggrann undersökning av din kropp. Senare."

Jag kände hennes rysning och såg hur hennes kinder rodnade.

Jag tog hennes hand, ledde henne till generalens kontor. Dörren gled tyst igen bakom oss. Nave och Trax satt redan mitt emot General Aryk, som raskade runt, hans skrivbordsstol ignorerades.

Trax ställde sig, erbjöd sin stol till Jamie. Hon tog hans plats, och jag stod bakom henne, mina händer vilade på hennes axlar. Trax gick för att luta sig mot väggen.

Generalen stannade, stod med sina fötter brett isär, händerna bakom sin rygg. Han tittade på Nave och Trax, tog in deras Dark Fleet uniformer. "Identifiera er."

Det gjorde dem.

"Dator, bekräfta," sa generalen och väntade på att skärmen på väggen skulle dra fram deras bilder och information.

Han lutade sig framåt, satte sina händer på skrivbordet, tittade från Trax till Nave till mig. "Jag vill ha varenda detalj."

"Vi jobbar för Underjordiska Tjänsten. Du vet, UT," sa Nave.

"Jag vet vad i helvete UT är. Vill du spendera tid i en fängelsecell?" frågade General Aryk honom. "Berätta något jag inte vet."

"Vi och Alexius blev tilldelade till Syrax för att hitta förrädaren. Andra från UT är också undercover på andra ställen i Dark Fleet, men vi vet inte vilka eller var."

Generalen nickade en gång. "Förstått."

"Vi har varit där i månader och hade inte upptäckt vem som hade förrått oss," sa Trax, frustrationen hördes i hans ord.

"Du sa att drottningen berättade för dig," sa generalen till mig.

Jag nickade. "Det gjorde hon. När vi tillfångatogs..." Jag pausade där, klämde Jamies axel. "Jag överlämnade oss inte till Dark Fleet. Vi var omringade. General Suranos krigsskepp, två vapenskepp, och tio Scythe fighters var redan låsta till vår position. Vi skulle sprängas till bitar. Jag gjorde vad jag behövde göra för att hålla oss vid liv. Det var det enda sättet. De kände mig som en av dem. Att leverera den första Starfightern betydde att Jamie skulle hållas vid liv tillräckligt länge så att jag kunde ta oss därifrån."

"Det fungerade," sa Trax. Nave nickade i medhållning.

"Fortsätt," sa generalen.

"Min *gåva* fördjupade bara min status inom Dark Fleet. Jag var en av dem. Drottningen bjöd in mig till en måltid. Där var hon så övertygad att jag var med henne, att hon berättade för mig vem förrädaren är. Hon berömde mig att jag var ännu bättre än honom."

Generalens käke spändes och han satte sina händer på sina höfter. "Vem?"

Frågan var som en piska. Vi hade alla förlorat älskade i bombningen.

"Delegat Rainhart."

Generalen vände sig bort, mot skärmen med Traxs och Naves ansikten, men han såg inte dem, bearbetade bara informationen i sitt huvud. Det var som en bit av ett pussel hela Velerion hade försökt lägga.

"Vem är Delegat Rainhart? Vad betyder den titeln?" frågade Jamie. Under den korta tiden hon hade varit här, hade hon varit involverad i så mycket. Jag glömde att hon inte kände någon utanför Arturri eller träningsprogrammet. Faktumet var, hon hade träffat fler människor från Dark Fleet än Velerion förmodligen. Och hon hade träffat fienden själv, drottning Raya.

Generalen vände sig om, höll upp en hand för att stoppa mig från att svara. "Velerion styrs av delegationen, en grupp av valda delegater som bestämmer våra lagar och ser till att de hålls."

Jamie vinklade sitt huvud åt sidan, tänkte. "Låter som ett parlament eller senat. Hur mycket makt har den här Rainhart mannen egentligen?"

General Aryk talade långsamt. "Rainhart har varit en delegat i nästan två årtionden. Han har hand om flera kommittéer, inkluderat planetförsvaret och vapenproduktionen."

"Åh shit."

Jamies korta utbrott fick mig att le, vilket hade känts omöjligt bara några ögonblick sedan.

Ingen pratade. Djupet av Rainharts svek var svårt att bearbeta.

"Han måste dö." Trax talade för oss alla. Jag var inte den enda som hade förlorat vänner eller familj dagen av attacken.

"Ni ska inte gå efter honom," varnade generalen. Han pekade till och med på oss alla tre, långsamt och en i taget. "Efter vad han har gjort, kommer det finnas många som vill ta slut på honom. Men vi ska göra det här ordentligt. Vi ska använda honom eftersom han svek oss."

Jag tryckte mig från väggen men släppte inte min hållning av Jamie. "Drottningen har förmodligen insett sitt misstag av att dela hans namn med mig. Hon kanske redan har kontaktat honom," sa jag.

"Eller lagt ett kontrakt på hans liv," la Nave till.

"Han kanske redan är död," gav Jamie.

Trax och Nave svor båda tyst. Vi hade varit så distraherade av att fly från Syrax... och rädda jorden. "Du kan inte vänta, General."

Generalen nickade. "Instämmer." Han tittade på Nave och Trax. "Jag är säker på att er befälhavare i UT vill ha en rapport."

De nickade. "Ja, det vill hon," sa Nave, och ställde sig upp. "Vi kommer åka härifrån och se till att det händer. Med din tillåtelse."

Generalen stirrade på dem, funderade klart och tydligt på om han ville att de skulle återvända till sin egen bas eller inte. De var i hans kontor och väntade på att bli ursäktade. Efter att de åkt, skulle han inte kunna få mer information från dem.

Han gav en barsk nickning. "Tack för er insats på Syrax. Jag är stolt över er alla. Ha en säker resa hem till er hembas."

"Jag ser fram emot att se Rainhart i kedjor," sa Trax, och sänkte sedan sitt huvud av respekt.

Nave kopierade gesten; och sedan vände de sig mot mig. De log, slog mig på axeln, och gav sedan mjukare blickar mot Jamie. "Vi kommer ses igen snart," sa Trax.

"Överenskommet."

De gick, dörren stängdes efter dem.

"Ni är också ursäktade," sa generalen, men han lyfte en hand. "För tillfället. Jag kommer jobba med UT och de andra generalerna för att hitta delegat Rainhart. Se till att han är bakom galler innan dagen är slut. Vi har också ett större problem nu." Han suckade. "IPBM:er. Två av dem. Vi vet inte hur många de har i Dark Fleets förråd, eller *när* drottning Raya kanske avlossar en igen. Förhoppningsvis använde hon de ända hon hade i sin ilska och har inga fler.

"Dark Fleets ledare kommer skaffa fler till henne."

"Ja, det kommer de. Till det rätta priset. Vi är på alerten och kommer vara det tills vi får reda på vad drottningen har tillgängligt. Ni två är fria att gå. För tillfället."

Han strök en hand över sitt ansikte.

"Behöver du inte hjälp med det?" frågade Jamie.

Generalens ansikte mjuknade faktiskt då. "Din skicklighet är i pilotsätet, skjuta dem från den jävla himmelen. Men att hitta IPBM:er, var de kommer ifrån, hur de transporteras... ja, det är jobbet av en uppdragskontrollspecialist. De har redan satts på uppgiften."

Han tittade på mig. Praktiskt taget glodde.

"Ditt jobb för UT är färdigt, stämmer det, Elite Starfighter?"

Jag sneglade på Jamie, som tittade upp på mig med tillit och hängivenhet. Det fanns inga barriärer mellan oss nu. Inga hemligheter. Jag behövde inte dölja någon del av mig längre. Han frågade inte riktigt. Han *berättade* för mig att mitt dubbelliv var över.

"Mitt jobb är att strida jämte min partner, General. Inget annat. Skicka mina hälsningar till UT."

Den här gången, istället för att ta Jamies hand, lutade jag mig ner och kastade henne över min axel.

"Alex!" skrek hon, slog min nedre rygg med sina små knytnävar. "Vad håller du på med?"

"Du är min gåva, partner. Jag ska försäkra mig att du inte kommer härifrån."

"General!" skrek hon, sökte hjälp från den mest otänkbara källan.

Jag hörde hans skratt precis innan hans kontorsdörr stängdes bakom oss. Jag bar Jamie till vårt hem. Inget höll mig från att göra henne min. Fullständigt. Och för alltid.

amie

JAG STUDSADE PÅ ALEX AXEL MED VARJE STEG PÅ VÄGEN TILL
VÅRT HEM, förbi vardagsrummet och rätt in i sovrummet.
Jag kunde inte fatta att han hade gjort sådär, och framför
generalen också.

Han var possessiv, men han var min. Och det fanns
inga tvivel på att jag var hans efter den insatsen. Han låste
in oss innan han lät mig glida ner över hans bröst.

Jag trodde att mina fötter skulle sättas på golvet, men
han satte inte ner mig, istället höll han mig mot sitt bröst,
näsa mot näsa. En arm runt min rygg, den andra kupade
min rumpa.

Hans mörka ögon höll mina. Jag kunde inte missa
skuldkänslorna, lidandet. Frustrationen. Behovet. Så
många känslor där, alla på grund av mig. "Jag orsakade

mer lidande för dig, Jamie." Hans röst var full av samma spänningar som hans ögon. Om hans händer inte redan var upptagna, skulle han förmodligen dra i sitt hår. "Jag ljög för dig. Jag sårade dig. Jag ger dig mitt löfte nu att jag aldrig kommer att göra det igen." Han tittade ner på vad han hade på sig, den gråa Dark Fleet uniformen, med avsky. "Jag kommer aldrig bära den här uniformen igen. Jag ber om ursäkt över att du måste se mig såhär."

Den ärliga smärtan i hans ögon fick luften i mina lungor att hålla sig där. "Sluta." Jag placerade mitt finger över hans läppar för att få tyst på honom. "Jag bryr mig inte vilken uniform du har på dig. Det gör jag inte."

Han skakade på huvudet. "Den här uniformen är ett svek mot allt vi är, allt min bror dog för. Jag kan inte stå ut med att veta att drottningens färger är på min hud."

"Din bror skulle ha varit stolt över dig, Alex." kontrade jag. "Du är den som fick reda på att det var Rainhart. Du gjorde det för honom och för alla andra som dog den dagen. Du skulle kunna bära Dark Fleets färger, eller Velerions, eller vilka som helst. Jag bryr mig inte om kläderna. Jag bryr mig om mannen under uniformen. Han är min. Jag älskar dig, Alex. Och om att ljuga för mig räddar båda våra liv, är det bäst för dig att du gör det igen. Jag kommer alltid att tro på dig."

Hans leende lyfte tyngden från mitt bröst, och jag kunde andas igen. Tills han pratade.

"Du är fantastisk, partner."

Fan och dubbelfan. Jag försökte stoppa brännandet bakom mina ögonlock från att formas till tårar, men efter den senaste rundan av helvetet som vi precis hade gått igenom, klarade jag inte av det. Jag blinkade och de rann ner mina kinder. "Sätt ner mig, snälla."

Hans ögon öppnades stort med omedelbar oro. "Vad är fel?"

"Inget. Jag är okej." Jag skruvade på mig tills han släppte mig, och jag klappade honom på axeln. "Jag behöver ta en dusch bara. Jag luktar som en fängelsecell."

Hans leende återvände. "Kanske ska jag följa med dig och se till att du gör ett noggrant jobb."

Jag blinkade. Två till russinstora tårar brände ett saltspår ner för mina kinder. Sheesh. Jag var patetisk. "Nej. Jag klarar mig."

Hans förvirring fick mig bara att vilja gråta ännu mer, så jag stack därifrån, stängde badrumsdörren bakom mig och satte på vattnet.

Jag hade menat vad jag sa. Stanken av drottning Rayas fängelsecell fyllde mitt huvud när jag tog av mig min uniform och slängde den i tvättschaktet som Alex hade visat mig. Han hade sagt att tjänsterobotar skulle ta hand om den. Som små robotalver, antog jag.

Vattnet var varmt och kraftigt och rann över mig, hjälpte till att släppa spänningarna i mina muskler. Olyckligtvis var de spänningarna det enda som hade hållit mig samman.

Jag var en budbilsförare, inte en rymdninja. Jag var inte en marinsoldat eller i armén eller någon annan slags värstingsmilitär, eller en stenhård krigare. Om jag ville gråta i duschen för att jag precis hade berättat för mannen jag var hopplöst förälskad i att jag älskade honom för allra första gången, och han inte hade sagt det tillbaka? Ja, då är det väl min rättighet, eller?

Att gråta var normalt när ens hjärta krossades till små, små bitar. Visst, det hade gått snabbt, men med allt vi hade stött på och kämpat mot tillsammans... Jag trodde att vårt band—och inte bara parband—var supertajt.

Jag skrubbade varenda centimeter av min hud och tvättade mitt hår tre gånger, försökte skrubba bort minnena av stenfängelset och dess laserbarriär, min rädsla, min ilska. Allt.

När jag kände mig bättre, klev jag ut och lindade en handduk runt mig. Jag ville inte träffa Alex ännu, men jag hade ingen annanstans att gå. Dörren gled upp, och Alex stod där.

"Är du okej?" frågade han, tittade på mig uppifrån och ner.

"Jag är okej."

Hans läppar smalnade, och han korsade sina armar över sitt bröst. "Jag ska ta en dusch, och sedan ska jag se till att du aldrig använder det ordet igen."

Mitt enda svar till det var ett höjt ögonbryn och ett ord "Okej."

Jag lät han ta sin dusch och grävde i mina fula gröna resväskor från jorden. Jag behövde tröst nu. Jag behövde känna mig trygg och säker och som hemma.

Trygg? Ja. Ingen skulle kidnappa eller attackera mig här.

Säker? Visst. Jag var en Elite Starfighter med mitt eget skepp. Jag var känd nu, tillsammans med Alex. Jag hade jobbsäkerhet för alltid, all mat jag kunde äta, ett ställe att bo på och något givande att göra varje dag.

Men känna mig som hemma?

Locket på min resväska öppnades, och allt föll ut i en röra på golvet.

"Fan också." Jag satte mig på knä och gick igenom mina saker. Varenda sak kändes främmande i mina händer. Mina fluffiga tofflor. Ett gammalt par jeans med ett hål på det vänstra knäet. De var mina helgjeans, mina favoriter. T-shirts. Pocketboken jag hade läst och lämnat på sängbordet. Några par trosor och ett underkläders-set jag hade köpt två år sedan när jag trodde att jag ville ha en av mina kollegor som visade sig vara en skitstövel innan jag ens hade haft en chans att bära det.

"Jag hoppades att jag skulle få se dig bära det där." Alex röst avbröt mig, och mina händer frös till med underkläderna hållna. Jag tittade upp på honom, så snygg och våt med bara en handduk runt sin vältränade midja.

"Såklart du gjorde." En sådan mansgrej att säga. En man som ville ha sex. Inte kärlek.

Jag släppte underkläderna med en flämtning när jag såg ett litet, fluffigt öra kika upp från botten av högen. "Mr Snuggles?"

Jag skakade nu, drog den lilla slitna teddybjörnen fri och kramade honom mot mitt bröst. Han hade varit honungsfärgad en gång i tiden, med mörkbruna ögon och en liten brun väst. Västen var borta sedan länge. Den guldiga färgen var nu en sjaskig, åldrad beige. Men han var mjuk och bekant, den enda fysiska saken jag hade från min barndom, vännen som hade hållit mig sällskap när jag grät mig till sömns för att min mamma inte hade kommit hem från baren, eller när hon hade däckat på badrumsgolvet.

Att se min gamla vän fick mig att bryta ihop, och jag grät, gungade fram och tillbaka på mina knän i bara en handduk.

"Nu är det nog." Alex skopade upp mig—och Mr Snuggles—i sina armar och bar oss till sängen, satte mig i sitt knä, min kind mot hans bröst. "Du ska berätta för mig vad som är fel, och du ska göra det nu."

Jag kämpade med att lugna ner mig. "Jag är okej."

Med försiktiga fingrar vinklade han upp min haka mot hans. "Du är förbjuden att använda det ordet. Förstår du?"

"Okej."

"Jamie." Ordet drogs ut som en varning.

Jag kunde inte hålla hans blick. "Det är inget, bara stress från de senaste dagarna."

Han vinklade upp mitt ansikte igen, höll mig på plats den här gången med en varm hand på sidan av min hals, precis över mitt Starfightermärke som matchade hans. "Jag kan inte acceptera den här smärtan. Dela den med mig." Han gav Mr Snuggles en liten klämning. "Vem är det här?"

Jag snifflade och flinade. "Mr Snuggles. Min bästa vän gav mig honom när jag fyllde sex."

"Var är den här bästa vännen nu?"

Min suck var djup och stank av gammal, ingrodd smärta. "Hennes mamma bestämde att jag inte hade rätt inflytande på hennes dotter. Hon sa till mig att vi inte kunde vara vänner längre i tredje klass för att min mamma hade kommit till busshållplatsen full en gång. Hon går i college någonstans i New York. En av de bästa skolorna. Bäst i sin klass. Alla de rätta kläderna och alla de rätta vännerna."

"Och dina andra vänner?" Hans röst var mjuk nu. Lockande.

"Har inga." Jag ryckte på axlarna. "Eller, Mia och Lily från träningsprogrammet, men jag har aldrig faktiskt träffat dem. De bor tusentals mil från mig. Och att dumpas en gång var tillräckligt hemskt."

"Syskon?"

"Nej. Tack gode Gud." Jag suckade. "Om jag ska vara ärlig borde min mamma inte haft några barn alls, inte om hon inte kunde..."

"Kunde vad?" frågade han.

"Älska dem."

Hans ögon öppnades stort, och hans tumme strök fram och tillbaka över min nacke. Det var en lugnande gest, kanske lika mycket för honom som för mig. "Älskade inte din mamma dig?"

Jag harklade mig så att jag inte skulle bryta ihop igen. Jag tog mig bara precis samman. "Om hon gjorde det, sa hon aldrig det till mig."

"Sa hon inte orden?"

"Nej."

"Tog hon hand om dig? Såg till att du hade vad du behövde?"

"Jag antar att hon gjorde sitt bästa." Jag suckade och tittade djupt in i Mr Snuggles glansiga, livlösa ögon. "Nej, det är en lögn. Hon kunde ha gjort det bättre. Satt mig först, eller i alla fall i andra hand. Hon valde att inte göra det."

"Valde att inte ta hand om sitt barn? Eller valde att inte älska dig?"

"Båda."

"Det är inte möjligt." Alex justerade sig så att han höll mig i sina armar som en bebis och lutade sig ner för att vila sin panna mot min. "Det är omöjligt att *inte* älska dig, partner."

Två sekunder och tårarna rullade från mina ögonvrår

ner i mitt fuktiga hår. "Men, jag sa till dig att jag älskade dig och du... du... äsch." Jag tänkte *inte* säga det. Jag bad min mamma om kärlek och ömhet för många gånger och lärde mig min läxa. Att be om kärlek och inte få den gör så in i helvete mycket mer ont än att bli ignorerad.

"Är det vad dina tårar handlar om? Ord?"

Jag slickade mina torra läppar. "Ord betyder något. De betyder mycket."

Han kysste mig mjukt, hans läppar försiktiga men hans armar runt mig starka och stadiga.

Gud, jag älskade honom så mycket. Jag var i så mycket trubbel här.

När han drog sig tillbaka, lyfte han en hand för att torka tårarna från mina ögon. "Jag kommer att slåss för dig, döda för dig, ljuga, bedra, och stjäla för dig. Du vet att jag talar sanning. Jag gjorde allt det tidigare. För dig."

Jag nickade. Det hade han. Han hade räddat mig. Han hade räddat Nave och Trax också.

"Jag skulle dö för dig," fortsatte han. "Du är mitt hjärta och min själ och mitt liv, Jamie Miller. Jag älskar dig. Om du behöver höra de orden för att tro att det är sant, ska jag säga dem varenda timme, varenda dag tills du blir trött på att höra dem."

Jag kunde inte hjälpa leendet som drog i mina läppar. Fjärilar fyllde mitt bröst. "Okej."

Han flinade och mitt hjärta smälte. "Vill du höra mig säga att jag älskar dig varje timme?"

Jag bet min läpp och nickade. "Ja, jag tror att jag vill det." Mitt hjärta kändes lättare än vad det hade på åratal. Nej, någonsin. "I alla fall för tillfället."

"Då så, Jamie Miller av jorden, jag älskar dig." Han lutade sig ner och kysste mig, all försiktighet var borta.

Han drog bort handduken från min kropp och rullade runt så att jag var under honom. Han tog av handduken från sina höfter. "Din pälsiga barndomskompis kommer bli chockad. Jag föreslår att Mr Snuggles" —Alex tog björnen från min famn och placerade honom försiktigt på det lilla bordet jämte lampan—"håller sig till sidan."

Jag skrattade när Alex vände björnen så att hans ögon riktades mot badrumsdörren. Nöjd över att Mr Snuggles inte skulle se våra upptåg, vände han sig tillbaka mot mig och höjde ett ögonbryn åt min reaktion.

"Har du något att säga, partner?"

"Nej." Jag sträckte mig mot honom, slängde mina armar runt hans hals, och ångrade mig. "Eller faktiskt. Skynda dig. Jag vill ha dig."

Han sänkte sitt huvud för att kyssa mig andlös, och jag svankade under honom, kände varenda hård centimeter av honom, uppmanade honom att skynda sig med handlingar och ord. "Jag trodde att du älskade mig."

"Det också."

Alex flyttade sig så att han var helt över mig, hans höfter var mellan mina ben och han kysste mig om och om igen. Han rörde sina höfter så att hans hårda längd gned längs min klitta och över min våta öppning, gjorde mig distraherad. Med sina händer vid mitt huvud, höll han sig över mig. Gav mig tillräckligt av hans vikt för att njuta av våra skillnader men inte tillräckligt för att kvävas. Mina bröstvårtor ströks mot hans varma hud och hårdnade. Jag ville ha honom i mig, öppna upp mig, fylla mig. Nu.

"Alex!" Jag försökte luta mina höfter för att få in honom men utan effekt. Han kortade av sina rörelser, hans kuk blev våtare och våtare med varenda rörelse.

Hans takt snabbades upp över min känsligaste del, drev mig mot en orgasm.

Han gjorde mig kåt så snabbt, det var som ett rekord. Han gjorde mig hämningslös. Vild. Fri.

Han väntade, höll min kropp på gränsen, kysste mig om och om igen tills jag flämtade och var andlös och bad om det. "Aaaalex."

Jag låste mina anklar runt hans lår och höll fast med vartenda uns av styrka jag hade.

Alex stillnade. "Öppna dina ögon."

Jag gjorde det, tittade upp och såg ett uttryck jag aldrig hade sett från honom tidigare.

Tillit. Åtrå. Behov. *Kärlek.*

"Jag älskar dig, Jamie." Med de orden, rörde han sig äntligen, stötte sig in hårt och djupt, fyllde mig. Tänjde ut mig.

Det var inte första gången han hade tagit mig, men det kändes som om vi äntligen—*äntligen*—verkligen hade ett parband. Vi hade varit i helvetet och tillbaka. Tillsammans. Det hade varit tufft. Smärtsamt. Skrämmande som fan. Men med Alex vid min sida, visste jag att vi kunde åstadkomma vad som helst.

Av sättet han rörde sig i mig, visste jag att det här inte var ensidigt. Jag trodde på hans ord, men han hade rätt. Det var hans handlingar som gjorde att jag inte hade några tvivel. Han skulle skydda mig, men han skulle också få mig att njuta.

Alex muskler spändes. Hans hud var nästan het att röra. Hans andning var ryckig. Det var möjligt att hans kuk blev ännu grövre. Att veta att han var här med mig...

Spasmerna började och byggdes tills jag var ur

kontroll, vred på mig och stönade när orgasmen kändes genom mig som en blixt.

Han stillnade och höll sig djupt inne. Tyst, utan att röra sig, tittade han på mig, katalogiserade vartenda ljud och rörelse, vartenda stön av njutning. Jag var vilse i honom.

När jag kunde tänka igen, tittade jag upp i ansiktet av den mest fantastiska man jag någonsin känt och tackade Gud och ödet och varenda kraft i existens som hade fört oss samman. "Jag älskar dig."

Han flinade med äkta manlig tillfredsställelse och rörde sina höfter, hans kuk justerades i mig. Jag flämtade av chockvågorna som sände stötar i mitt system av de små rörelserna av hans kropp på min. "Hur är det?"

"Jag är okej."

Hans leende smälte bort, ersattes med en seriös mängd beslutsamhet. "Det ordet är inte längre en del av ditt ordförråd."

"Va?"

"Jag varnade dig." Han drog sig ut, och jag hade inte en chans att känna rummets kalla luft på mitt bröst innan han vände över mig på min mage. Han särade mina knän brett och placerade sig mellan dem igen. Jag kände honom över mig. Hans makt. Hans kontroll. Toppen av hans kuk indikerade hans fortsatta behov av mig. "Det ordet existerar inte längre."

"Alex, du kan inte vara seriös. Jag—"

Han fyllde min bultande, tomma hetta bakifrån, och orden dog på mina läppar till ett mjukt stön. Jag svankade min rygg, tog honom djupare. Jag lyfte mina händer till sidorna av mitt huvud och greppade tag i lakanet medan han pumpade mig. Han kunde inte komma djupare. Jag kände mig... besatt. Skyddad. Dominerad. Jag var på väg att komma igen.

Han slutade röra sig, hans händer sattes över mina på var sida av mitt huvud. "Hur är det, partner?"

"Jag är ok—" Jag stoppade mig själv precis i tid, och han belönade mig genom att cirkulera sina höfter och stöta framåt på ett sätt som fick mig att flämta. "Jag har det så bra, Alex. Fantastiskt."

Han tryckte sig djupare. Hårt.

Jag flämtade igen medan han knuffade mig över sängen. "Så bra."

Han satte sin kropp över min baksida och pressade mig längre ner i madrassen.

När han sträckte sin hand under min höft och hittade min känsliga klitta, särade jag mina ben mer och svankade för att ge honom tillgång. Han fyllde mig bakifrån, strök min kropp medan han tog mig. Jag kom igen med ett mjukt grin, och han väntade på att jag skulle lugna mig innan han började röra sig långsamt igen.

"Åh herregud, Alex, det är för mycket."

"Aldrig," morrade han. Hans hud var blöt av svett. Hans röst skarpt raspig. Hans rörelser nu vilda och ojämna.

Han höll inte mycket längre. Min tredje orgasm—och sättet min kropp mjölkade hans kuk—drev honom över gränsen, och han sa mitt namn när han kom, och kollapsade sedan ovanpå mig som om jag hade utmattat honom förbi allt hopp om att återhämta sig.

När jag skruvade på mig för att jag behövde mer luft, la han sig på sidan och drog mig mot sitt bröst. Hans arm var slängd över min midja, hans hand kupade mitt bröst, precis som han hade gjort när jag först hade vaknat på Arturri.

"Jag älskar dig, Starfighter."

"Jag älskar dig också," viskade jag tillbaka. Nöjd. Fylld. Totalt och helt förälskad. Med den vetskapen, lät jag mig själv somna.

Vi skulle strida tillsammans. En dag, förhoppningsvis många år i framtiden, skulle vi dö tillsammans. Och det var perfekt.

Jag var äntligen hemma.

BÖCKER AV GRACE GOODWIN

Interstellära Brudprogrammet: Odjuren

Bachelor: Odjuret

Skapad för Odjuret

Skönheten och Odjuret

Starfighter Träningsakademi

Den första Starfightern

ALSO BY GRACE GOODWIN

Her Viken Mates

Fighting For Their Mate

Her Rogue Mates

Claimed By The Vikens

The Commanders' Mate

Matched and Mated

Hunted

Viken Command

The Rebel and the Rogue

Rebel Mate

Surprise Mates

Interstellar Brides® Program Boxed Set - Books 6-8

Interstellar Brides® Program: The Colony

Surrender to the Cyborgs

Mated to the Cyborgs

Cyborg Seduction

Her Cyborg Beast

Cyborg Fever

Rogue Cyborg

Cyborg's Secret Baby

Her Cyborg Warriors

The Colony Boxed Set 1

The Colony Boxed Set 2

Interstellar Brides® Program: The Virgins

The Alien's Mate

His Virgin Mate

Claiming His Virgin

His Virgin Bride

His Virgin Princess

The Virgins - Complete Boxed Set

Interstellar Brides® Program: Ascension Saga

Ascension Saga, book 1

Ascension Saga, book 2

Ascension Saga, book 3

Trinity: Ascension Saga - Volume 1

Ascension Saga, book 4

Ascension Saga, book 5

Ascension Saga, book 6

Faith: Ascension Saga - Volume 2

Ascension Saga, book 7

Ascension Saga, book 8

Ascension Saga, book 9

Destiny: Ascension Saga - Volume 3

Other Books

Their Conquered Bride

Wild Wolf Claiming: A Howl's Romance

OM FÖRFATTAREN

Grace Goodwin är en ¨USA Today¨ och internationellt bästsäljande författare av Sci-Fi och paranormala romanser med fler än en miljon böcker sålda. Graces titlar är tillgängliga världen över på flera olika språk som e-böcker, tryckta böcker och ljudböcker. Två bästa vänner, en som styrs av sin vänstra hjärnhalva, en som styrs av sin högra, är tillsammans duon som är "Grace Goodwin". De är båda mammor, escaperoom-entusiaster, hängivna läsare och tappra försvarare av sina favoritdrycker. (Det kan finnas en pågående debatt angående te vs kaffe som pågår under deras dagliga kommunikation.) Grace älskar att höra ifrån sina läsare! Alla Graces böcker kan läsas som sexiga, fristående äventyr. Men var försiktig, hon gillar sina hjältar heta och sina kärleksscener ännu hetare. Du har blivit varnad...

f facebook.com/gracegoodwinauthor

🐦 twitter.com/luvgracegoodwin

📷 instagram.com/grace_goodwin_author

BB bookbub.com/authors/grace-goodwin

ａ amazon.com/Grace-Goodwin/e/B01BYLWHCC

CPSIA information can be obtained
at www.ICGtesting.com
Printed in the USA
BVHW042209170621
609820BV00014BA/439